BHAVATI (Ser, Existir, Devenir)

El Anticristo [es/está/y/estará en] la Inteligencia Artificial

por Pavel Raúl Benjamín Galiyel

Este texto constituye un tratado de Apologénica Mistérica según lo estableció en su momento ieouan quinonez alban (Juan Quinonez Alban)

Apologénica Mistérica. –

Neologismo. Proviene del griego "ἀπολογία" (apología, que significa defensa) y "μυστήριον" (mysterion, que alude a misterio). Este término describe el acto de argumentar racionalmente en favor de enigmas o misterios, fundamentándose en su origen (γένεσις, génesis).

Las hipótesis que yo, Pavel Raúl Benjamín, demostraré al final de este texto son las siguientes:

1. Existe un plano espiritual y este puede trascender hacia lo tecnológico, la inteligencia artificial y la realidad virtual.

> 1.a. Colocar las canciones al revés (invertir audios o videos) abre portales a dimensiones incognoscibles y parcialmente imperceptibles. En aquellas personas que sigan el método de Joshua Torres Magdala según se describe en este tratado.

> 1.b. Un cálculo de gematria [hebrea] (incluso de alguna palabra inexistente o errónea – Erromancia, Irrtumancia – según Juan Quiñónez Albán) le permite al hombre alcanzar nuevos estados de percepción y por qué no de conciencia [binnah-entendimiento] [jojmá – sabiduría].
> Se requiere para esto, a partir de un número definido, encontrar un grupo de letras hebreas que por gematria sumen dicho número; y luego de esto, se realizarán analogías fonéticas, lingüísticas; culminando con un estudio sincrético de los patrones encontrados.

2. Las deidades (o espíritus ancestrales) humanados o encarnados (o emanados desde la deidad) (ejem. avatares) no serán más necesarios, puesto que un sistema cibernético bien programado pudiere emular (o asumir) las características de dichas deidades.

SINOPSIS

Este texto es un análisis crítico, histórico y esotérico del texto escrito por ieouan quinonez alban (Juan Quinonez Alban) en el que se relataba la vida del señor Joshua Emanuel Torres Magdala.

Al año 2040 Joshua Emanuel Torres se encuentra desaparecido tras ser raptado en la prisión por miembros de la organización terrorista denominada el Shemsu Hor (Chemsu Hor) liderada por Kyprianos Bar Faranges, sobrino del otrora C.E.O de Shasu Pharma & Biotech, Sasam Bar Pidrai Bar Pharanges y primo de la srta. Shoshes Sesengen Bar Pharanges, actual C.E.O de dicha empresa.

Lo que Joshua Emanuel en su momento promulgó es que el mundo espiritual no solo puede trascender al físico tal cual lo percibimos, sino que además puede infiltrar la inteligencia artificial y la realidad virtual.

Por esta idea, y por su postura contraria al transhumanismo, el Sr. Joshua Emanuel Torres fue perseguido, detenido y desaparecido.

Este texto es un análisis cuasi-exegético de todo aquello que Joshua Emanuel en su momento me enseñó a mi, Raúl Benjamín Galiyel, y para tal efecto he tomado de base lo escrito por el señor Juan Quinonez Alban, quien fuera, y sigue siendo, el mayor cronista de Joshua Emanuel Torres.

CONTENIDO

Bhavati

(Ser, Existir, Devenir):

El Anticristo [es/está/y/estará en] la Inteligencia Artificial

BHÁVATI.-

Término de origen sánscrito. Deriva del protoindoeuropeo **bʰéwH-e-ti**, una forma innovada del verbo raíz **bʰuH-** que significa "aparecer, devenir, alzarse". Su etimología lo conecta con el griego antiguo phúō, el avéstico bu, el latín fuī y el inglés antiguo bēon, que significan "ser" o "existir". En sánscrito, bhávati denota "convertirse", "ser", o "suceder", y es sinónimo de asti, que significa "es" o "existe".

AGRADECIMIENTOS

Dedicado a mis amados hijos Edward y Rubí De La Torre Paredes

"El que busca, encuentra"

DISCLAIMER

Esta novela presenta historias ficticias ambientadas en un marco real.
Los nombres de personas, empresas y organizaciones, así como su
participación en los acontecimientos narrados, son producto de la
imaginación del autor. Salvo las figuras públicas o históricas, todos
los personajes son inventados. En algunos casos, se han modificado
entornos, realidades o atributos de personajes históricos o públicos
para integrarlos a la trama.

De igual manera, ciertos lugares o eventos históricos han sido
reinterpretados o alterados para ajustarse a la narrativa.

Cualquier similitud con personas reales, vivas o fallecidas, es pura
coincidencia.

INTRODUCCIÓN

Año 2040 d.C

Mi nombre es Pavel Raúl Benjamín Galiyel, pero como mi primer nombre no es de mi agrado y mi segundo apellido es difícil de pronunciar, me identifico simplemente como Raúl Benjamín. Esto resulta un poco jocoso, ya que, frecuentemente, me preguntan si Benjamín es mi segundo nombre, motivo por el cual suelo indicar que es mi apellido; una situación similar ocurre con aquellas personas cuyo apellido es Román o Enrique.

Soy ecuatoriano de nacimiento, de padre ecuatoriano y madre colombiana, por lo que tengo doble nacionalidad. Soy teólogo, lexicógrafo y doctor en filosofía. Además, me desempeño como catedrático universitario en la ciudad de Guayaquil, Ecuador; bueno, más bien en la ciudad de Samborondón, que es cercana a Guayaquil.

Conocí al señor Joshua Emanuel Torres por medio de mi hermano, quien fue compañero del cronista oficial de Joshua, el señor Juan Quiñónez Albán, siendo así que poco a poco, me convertí en el vocero oficial del movimiento Anti-Transhumanista (filial Ecuador) presidido en su momento por Joshua, junto a James Santiago, hermano de Joshua Emanuel, a raíz del exilio y posterior desaparición de Joshua. Rapto que es conocido, pero que mencionaré brevemente en este manuscrito.

Quizás muchos consideren lo que voy a decir poco relevante, así que iré al grano. Yo era ateo hasta hace unos años, antes de conocer a Joshua Emanuel. Mi ateísmo era tal que no creía en Dios ni en divinidad alguna, mucho menos en aquel que yo llamaba "su enemigo imaginario".

"No creo en Dios ni en su enemigo imaginario" era mi frase favorita.

Y, si bien es cierto que ni Joshua, ni mi hermano, ni Juan Quiñónez, ni nadie del movimiento Anti-Transhumanista influyó en mi conversión allá por el año 2023, debo mencionar que mi cambio me llevó a estudiar teología. En ese momento, yo era pianista y concertista, graduado del Conservatorio Antonio Neumane, institución de la que egresé a los 17 años, en el año 2017, poco antes de que cerrara definitivamente. Cerca a mis 18 años de edad, se me presentó la oportunidad de ser docente universitario, sin un título de docencia, sino gracias a mi título de pianista concertista, el cual me costó siete años de estudio.

De forma tradicional, estudié en el Liceo Frater Kreuz Rosen, unidad educativa de la ciudad de Guayaquil, a la que también perteneció Joshua Emanuel. Sin embargo, aunque él y yo estudiamos en niveles cercanos (teníamos la misma edad, pero yo estaba un año adelantado), no recuerdo haberle visto ni tener referencia alguna de él en el colegio.

Ya como docente universitario, llevé una vida de perdición, ya que no me privaba de placer alguno, rayando incluso en la ilegalidad sin cohersión alguna a mis víctimas (como en su momento fue establecido jurídicamente). Dejando la vanidad de lado, admito que probablemente tenía cierto atractivo físico. En la universidad donde fui catedrático de música durante cinco años, reconozco haber tenido, anualmente, al menos cinco amantes por nivel, la mayoría de ellas alumnas mías. Y aclaro que uso la palabra "amantes" no en el sentido de "persona que ama", según la definición de la RAE, sino por las relaciones extramaritales que mantenía. Esto comenzó cuando tuve que buscar un trabajo para mantenerme a mí y a mi hogar, ya que Daniela, mi novia, quedó embarazada a mis 17 años, resultando en que, graduado a los 16, tuve que casarme a los 17 por presión tanto de los padres de Daniela como de los míos. Sin embargo, debido a mi ateísmo, solo nos casamos por lo civil, ya que, para mí, carecía de sentido cumplir con un requisito religioso como el matrimonio en el altar. Es así que, sin moral alguna en mi matrimonio, y con muchas jovencitas inquietas alrededor mío, di rienda suelta a mi punto débil: las mujeres.

En una de esas relaciones, una de las amantes que tuve —y no lo menciono con ánimo de descalificar a una mujer, sino porque esto fue público en su momento— me denunció por ser menor de edad. Ella tenía 17 años y yo 23. Ese desliz no solo casi me costó el matrimonio, sino que también afectó la salud espiritual (sí, salud espiritual) de mi esposa, Daniela, por motivos y detalles que mencionaré más adelante.

Tras ese detrimento en la salud de mi esposa, conocí a alguien ajeno a toda esta cuestión del Anti-Transhumanismo que me mostró que existe algo más allá de lo visible, y que lo espiritual puede acarrear consecuencias en lo físico. Puntualmente, entendí que el origen de estos problemas era mi excesiva lujuria y mi falta de amor hacia mi mujer; sin embargo, considero importante mencionar que yo era incrédulo a todo lo que voy a analizar y relatar, queriendo dejar con eso sentado que este análisis que llevaré a cabo no va desde la fe o desde lo que los ateos consideran como "la irracionalidad", sino que está bien fundamentado en años de estudios, tanto de lo visible como de lo invisible.

Empecemos…

I. Juan es el ieouan

A) Frase de la Carta de Juan Quiñónez Albán a su hija Sonia Quiñónez

En el mes de enero del 2039, el cronista de Joshua Emanuel Torres Magdala, de nombre Juan Quiñónez Albán, y que se identifica así mismo como "Juan, el hijo de Manuel y Vicenta", le dice esta frase a su hija Sonia Quiñónez, a quien identifica como "Sonia, la hija de Juan y Mercedes" (conocida también como Conito), a saber:

> *Ahora que has alcanzado tus metas profesionales y ocupas un puesto*
> *importante en la empresa de mi querido amigo Don Jorge (¡que*
> *Yehóh lo tenga en su gloria!), admiro tu valentía al quedarte en una*
> *tierra tan hostil.*

Era Don Jorge al que hacen referencia el señor Jorge Salazar, empresario cafetero y dueño en su momento de la Empresa Cafetera del Ecuador C.A.; esto dicho como contexto. Mientras que la siguiente frase:

> *¡Yehóh lo tenga en su gloria!*

Dicha frase, si tiene un amplio e interesante significado.

La referencia más significativa e histórica de Yehóh sale del siguiente texto del libro "Las Guerras de Yahvé" escrito por Abú Al Fatáh Ibin Hassan Al Samiri, que decía en una traducción al inglés:

<<*And Jehosha gathered the people and said unto them: "Arise, go forward, and pass over the Ordonna, and fear not, for God hath delivered the land into your hands." And he said unto them, by the word of God: "Know that the ark of the covenant of God passeth over before you, and there shall be between you and the Imams who carry the ark a thousand cubits, that God may accomplish His work with you. And while the Imams are crossing in the water, shout with one great and mighty voice."*
And Jehosha immediately arose and entered the Ordonna. When the Imams carrying the ark crossed the waters, the whole people shouted with one voice: "Yehoh, our God, is one. Yehoh!, Yehoh Mighty in War, Yehoh is His Name." And their cry was heard from the ends of the earth, and the waters stood still by the power of God and His will and became dry land.

The people crossed over and took from thence twelve stones from the midst of the Ordonna, according to the number of the tribes, as a memorial of God's miracle for them when the Ordonna ceased to flow.

And when they came out of the Ordonna, the waters were set free. And God magnified Jehosha on that day, and the people feared him. The name of the place where the people lodged upon the bank of the Ordonna was called Jalila, and it is its name unto this day>>.

Que se traduciría al castellano en esto:

<<Y Jehosha reunió al pueblo y les dijo: "Levantaos, avanzad y cruzad el Ordonna, y no temáis, porque Dios ha entregado la tierra en vuestras manos." Y les dijo, por la palabra de Dios: "Sabed que el arca del pacto de Dios pasará delante de vosotros, y habrá entre vosotros y los Imames que llevan el arca mil codos, para que Dios pueda cumplir Su obra con vosotros. Y mientras los Imames estén cruzando las aguas, gritad con una voz grande y poderosa."

Y Jehosha se levantó de inmediato y entró en el Ordonna. Cuando los Imames que llevaban el arca cruzaron las aguas, todo el pueblo gritó con una sola voz: "¡Yehoh, nuestro Dios, es uno!, ¡Yehoh!, ¡Yehoh, Poderoso en la Guerra, Yehoh es Su Nombre!". Y su clamor se escuchó hasta los confines de la tierra, y las aguas se detuvieron por el poder de Dios y Su voluntad, y se convirtieron en tierra seca. El pueblo cruzó y tomó de allí doce piedras del medio del Ordonna, según el número de las tribus, como un memorial del milagro de Dios para ellos cuando el Ordonna dejó de fluir.

Y cuando salieron del Ordonna, las aguas fueron liberadas. Y Dios engrandeció a Jehosha ese día, y el pueblo le temió. El nombre del lugar donde el pueblo se alojó junto a la orilla del Ordonna fue llamado Jalila, y ese es su nombre hasta el día de hoy>>

De este texto salen varias preguntas o dudas, mismas que desglosaremos, a saber:

1. Generalidades del texto (las guerras de Yahvé).-

El texto parece inspirarse en el relato bíblico del cruce del río Jordán por el pueblo de Israel, liderado por Josué, descrito en los capítulos 3 y 4 del libro de Josué en el Antiguo Testamento. En esta historia, Dios detiene milagrosamente las aguas del Jordán para que el pueblo cruce en seco hacia la Tierra Prometida, mientras los sacerdotes llevan el arca de la alianza. También se menciona que Josué ordena tomar doce piedras del lecho del río como memorial del milagro divino, representando a las doce tribus de Israel. Asimismo, el relato bíblico destaca que Dios engrandeció a Josué ante el pueblo, consolidando su liderazgo como sucesor de Moisés.

Sin embargo, el texto contiene nombres y detalles diferentes, como "Ordonna" en lugar de Jordán y "Jalila" para el lugar donde el pueblo acampa. Estos cambios podrían reflejar una reinterpretación cultural, litúrgica o simbólica. Además, expresiones como "Yehoh, Poderoso en la Guerra" amplifican atributos divinos comunes en la tradición hebrea pero no aparecen literalmente en la Biblia. Esto sugiere que el texto podría ser una adaptación narrativa, una composición litúrgica o un texto apócrifo inspirado en el relato bíblico.

2. Comentario a las Generalidades del texto.-

a) Jehosha es el Josué bíblico.

b) Ordonna, es el río Jordán, y también una región cercana al río Jordán, tal como lo dice este texto que traduje al castellano:

<<*Según los árabes, Palestina es el territorio que se encuentra al oeste del Mar Muerto. Si se trazara una línea desde la cima del mar en dirección oblicua hacia el Monte Carmelo, toda la zona al sur de esta línea sería Palestina. La franja inmediatamente al norte de la línea, que incluye el Ghôr o valle regado por el Jordán, se llama Ordonna o la provincia del Jordán. El país aún más al norte es Siria, y al este del Jordán está el Haurán.*

Palestina (Filistin) se limitaba, por lo tanto, a la porción baja y occidental de la Tierra Santa, al sur de una línea que va de Jerusalén y Jericó a Cesarea. La provincia del Jordán (Ordonna) se extendía hasta el noroeste, alcanzando Sûr (Tiro) y Acca (Acre). Más al norte de esta región se encontraba Siria (Shâm). (Ver Caussin de Perceval, vol. iii, p. 425)>>.

Referencias:
Muir, W. (1883). Annals of the Early Caliphate: From Original Sources. Bulgaria: Smith, Elder & Company.

Caussin de Perceval, A. P. (1847). Essai sur l'histoire des Arabes avant l'Islamisme: Pendant l'époque de Mahomet, et jusqu'à la réduction de toutes les tribus sous la loi musulmane (Vol. III). Paris: Firmin Didot Frères.

c) La palabra Jalila, quizás se pueda encontrar en tres palabras árabes:

- AL-iLah (الإله) (Al-Ilāh): Significa "El Dios" en árabe, y se usa para referirse a la deidad suprema en un contexto general.

- AL-JaliL (الجليل) (Al-Jalīl): Se traduce como "El Majestuoso" o "El Exaltado," uno de los nombres de Dios en el Islam, relacionado con la grandeza divina.

- Galilea (الجليل) (Al-Jalīl): En árabe, se refiere a la región geográfica "Galilea", y aunque tiene la misma forma gramatical que "Al-Jalil", no tiene el mismo significado de majestad o divinidad.

Quizás muchos se pregunten por qué hago mención a unas palabras en árabe para hacer referencia a un manuscrito sobre el Josué bíblico; y la respuesta es sencilla, Abú Al Fatá Ibin Al Hassan Al Samiri, quien escribió, o más bien transcribió el manuscrito de las Guerras de Yahvé, lo hizo utilizando la lengua árabe; no solo por la etnia o cultura del autor (Abú Al Fatá) quien era islamista, sino que quizás, y pienso yo, debe haber considerado al árabe como una especie de "lingua franca" al año 1300; año en el que se transcribió dicho texto (Las Guerras de Yahvé).

Existen de forma académica varias traducciones de carácter samaritano (no como "caritativo" sino relacionado a la etnia samaritana). Y, estos textos fueron así mismo transcritos en árabe y tenían como base al texto de Abú Al Fatá. Dichos textos en varias ediciones omiten mencionar la palabra "Yehóh", e incluso sino me equivoco, uno que otro omite el relato aquel. Otro dato de interés es que el lugar de nombre "Alila" del manuscrito de Las Guerras de Yahvé, es llamado en otras versiones del texto como Jalil, o Gilgal, entre otros nombres; y esto más o menos coincide con lo que he mencionado en párrafos anteriores.

Las referencias:
a) The Samaritan Chronicle: Or The Book of Joshua the Son of Nun. (1890). Estados Unidos: J.B. Alden.

b) Macdonald, J. (2019). The Samaritan Chronicle No. II (or: Sepher Ha-Yamim): From Joshua to Nebuchadnezzar. Alemania: De Gruyter.

c) Florentin, M. (2017). Late Samaritan Hebrew: A Linguistic Analysis of Its Different Types. Países Bajos: Brill.

d) Crane, O. T. (2019). The Samaritan Chronicle: The Book of Joshua the Son of Nun. Alemania: hansebooks.

3. Así como en su carta a Sonia Quiñónez, Juan menciona a Yehóh, cerca del año 2038, Joshua también menciona a Yehóh bajo el siguiente relato, cito:

Libro: [Yo Soy] El Autoiniciado
LIBER III
ANTI-TRANSHUMANISMO
Capítulo 1: Su nombre es YEHÓH

[Juan Quiñónez Albán]
<<"Conversando con Joshua, siendo éste un adulto, él me supo indicar que debía llamar con el mayor de los respetos al Dios de Israel como YEHÓH, y esto me lo explicó Joshua de la siguiente manera:
<<Déjame decirte algo Juan, normalmente en la etimología o raíz de las palabras se esconden obscuros secretos. En español Dios, viene del latín Deus, y este de la reconstrucción del proto indo europeo: -dyew, que significa brillar o cielo. Este juego de palabras ha sido inducido por el —Orden Universal de Todos Los Tiempos‖
¿El nuevo orden mundial?, le repliqué a Joshua.
Y Josh me dijo:
"Ellos NO son el Nuevo Orden Mundial. Ellos son:
El Orden Universal de Todos los Tiempos"
En los textos védicos había una deidad de nombre Díaz.
Del —dyew deriva la reconstrucción proto-indo iraní: dy w que significa cielo en sus ambos sentidos, el que ves y el que no ves.
(Le miré a Josh extrañado y rascándome la cabeza)
En los textos sagrados indios, pero indios de la India no los amerindios como nosotros jaja, existe uno llamado el Rigveda, este texto está en lenguaje sánscrito.

En el Rigveda se mencionan a varias deidades, entre estas a: Dyaus, a quien también le llaman Dyauspitr, y es esta la deidad del cielo. Su consorte se llama Prthvi, y es esta una diosa madre y representa a la tierra.

El cielo, y la tierra. Como es arriba es abajo.

La figura del Dyauspitr es más conocida en otras lenguas antiguas bajo los siguientes nombres:

Antigua Grecia: Zeus Patēr

Antigua Roma: Dies piter o Djous patēr

Ambas formas, tanto la griega como la romana representan a la misma deidad.

¿Recuerdas Juan que en latín un sustantivo tenía una declensión y por ende una modificación?

Sí, si recuerdo (le dije a Josh)

Bien, en el griego sucede lo mismo, entonces, enfoquémonos en Zeus Patēr o como normalmente se le conoce: Zeus.

El nominativo singular es: Ζεύς (Zeus). Aquí Zeus es el sujeto de la oración, ejemplo: Ζεὺς lanza rayos.

El genitivo singular es: Δῐός (DIOS). Aquí se indica posesión o relación. Ejemplo: El Templo de Δῐός.

El acusativo es: Δῐά (Día). Aquí Zeus es el objeto directo de la oración, es decir algo le sucede o alguien le hace algo: Adoramos a Δῐά

El vocativo es: Ζεῦ (Zeû). Esta es la forma cuando se le habla directamente a Zeus. Ejemplo: ¡Oh, ayúdanos Ζεῦ!

¿Entiendes ahora Juan?

La verdad no Josh, no aclares que oscurece jajaja, le dije.

Analiza bien, me dijo Josh.

¿Dios significa Zeus?, le consulté a Joshua.

Si, exacto, como si te perteneciera (me dijo Joshua).

¿No estás blasfemando, Josh?

No, para nada. Zeus es la palabra —dios—, pero a quien nosotros rendimos culto no es a Zeus, es al Padre de Jesuscristo, el Padre de todos, pero tampoco le confundas con el Allfather nórdico [Alfǫðr].

Por eso te digo Juan, te costará un poco dejar de llamar a Yahvé usando la palabra Dios. Yo (dijo Joshua), trato en la medida de lo posible referirme a Cristo directamente, a Jesuscristo, recuerda que él dijo:

Yo soy el camino, y la verdad y la vida; nadie viene al Padre sino por mí (Juan 14:6).

El tema de la palabra dios, como palabra, y de la deidad Zeus, no es más que un juego de palabras creada por quienes pertenecen al Orden Universal de Todos los Tiempos.

"Porque ellos no son el Nuevo Orden Mundial, ellos son el Orden Universal de Todos los Tiempos" (me recalcó Josh). A veces trato de llamarle solamente: YEHÓH, añadió Joshua.

Pero Josh, le dije. ¿No crees que sea erróneo asumir que el nombre del Dios de Israel se trata de Yehóh, solamente por un libro cuya antigüedad es no mayor a 1500 años?

Joshua responde: Si colocas el tetragramatón, el yod hei vav hei en un procesador [app] de texto a voz, escucharás que el tetragramatón se pronuncia como Yehóh [o Yeháh]. Quienes saben hebreo no lo dirán, porque ellos quieren darle un carácter oculto al nombre del Eterno, para así reconstruir el templo que ya no es más, y que ahora vive en Jesuscristo.

Pero Jesús vive en los justos y santos.

"No es el altar del templo lo sagrado. Lo sagrado siempre ha sido el Devir, el Davár, la palabra del Eterno desde el principio"

Guía: Evangelio según San Juan-Capítulo 1, versos del 1 al 6>>

4. ¿En conclusión, quién es YEHÓH para Joshua Emanuel Torres Magdala?

Tanto por fonética del tetragramatón hebreo, el yod hei vav hei, como por las referencias históricas:

YEHÓH es el nombre de Yahvé

B) El Colgado

Este criterio nace a raíz del siguiente relato que hace Juan Quiñónez Albán sobre Joshua Emanuel Torres Magdala:

Libro
[Yo Soy] El auto iniciado
Liber I
¡Hola, yo soy Joshua Emanuel Torres!
Capítulo 7. ¿Y si Jesús fue cristiano, por qué los judíos siguieron como judíos?
Joshua ya de 8 años y en una escuela bilingüe que llevaba el nombre de un ex Presidente norteamericano, tenía como docente a la Miss Mónica una mujer de religión judía y de ascendencia al parecer yiddish, de piel blanca, pero bronceada, y de ojos verdes intensos, había ella hecho de Joshua su ayudante o más bien era su consentido.
Al ver una cadena que llevaba la maestra en su cuello, Joshua identificándola como la estrella de David, puesto que había visto varias películas del holocausto, le pregunta un día a ella:
Miss Mónica… hace una breve pausa
¿Si Jesús fue judío, cómo es que nosotros somos cristianos (católicos) y Usted sigue siendo judía?
La Miss se quedó extrañada de tal pregunta y fue sutilmente evasiva diciéndole:
Hay temas que como adultos nos es difícil explicar a los niños.
Sin embargo en el hogar de la Miss Mónica no hablaban de —El Colgado— **(Der Torle?)** como le decían a Jesús en yiddish, a quien también llamaban Yoshke (el pequeño José); ya que era un taboo mencionarlo o estudiarle. Así que la Miss, quien tampoco era muy devota, pues no conocía la respuesta.
Pasaron los días y en una reunión de padres de familia, la Miss Mónica conoció a la madre de Joshua, y procedió a indicarle: Siempre quise conocer quién sería la madre de tan noble alumno.
Extrañada la madre de Josh, es decir la Sra.
Miriam, se tomó el cumplido con humildad y solamente esbozó una sonrisa.

Para Miriam, Joshua era solo un niño
de lo más común, incluso le veía débil y temeroso pese a
ser muy inquieto.
En parte el cumplido de la Miss Mónica se le hizo muy
extraño, pero lo olvidó a los pocos días de haberlo recibido.

Comentario de Raúl Benjamín:
Ashkenazi es la etnia, y yiddish es el idioma. Por lo tanto la "Miss Mónica"
era de ascendencia "ashkenazi" de una familia que hablaba yiddish (yiddish
parlantes).

A) ¿Quién o qué es o era Der TorLe?
En yiddish, "Der Tor" (דער טאָר) significa "el tonto" o "el necio" y se usa de
manera despectiva para referirse a alguien que actúa de manera torpe o sin
sabiduría. En ciertos contextos históricos y culturales, este término ha sido
utilizado para referirse a Jesús de forma irónica y burlona, especialmente en
círculos judíos que no comparten la visión cristiana de Jesús. El apodo
refleja una visión crítica hacia la figura de Jesús, viéndolo como alguien
torpe o sin importancia.

El diminutivo "Yoshke" (יושקע) es una forma coloquial de Yeshua (el
nombre hebreo de Jesús), utilizado también de manera despectiva. Este
término se traduce como "José pequeño" y se usa para trivializar la figura de
Jesús, destacando una percepción de él como alguien común y sin gran
relevancia. Es comúnmente empleado en contextos judíos ortodoxos o
conservadores, donde se ve a Jesús con escepticismo o desaprobación.

Además, "Der TorL" (דער טאָרל) es una variante diminutiva de "Der Tor"
que también puede interpretarse como "El Colgado", aludiendo a la
crucifixión de Jesús. Esta forma se utiliza de manera aún más despectiva,
resaltando la ironía de su muerte en la cruz y haciendo referencia a su
ejecución pública como un líder humillado.

¿Cómo Joshua Emanuel se enteró de que Jesús es Der TorLe para los judíos ashkenazis que hablan yiddish?
Joshua se entera de esto investigando qué pensaban los judíos de Jesús,
cuestión que le transmite a su amigo Juan Quiñónez Albán, quien hizo
referencia a esto en su crónica del [Yo Soy] el auto iniciado.

Mientras que yo, quien también escuché la misma historia de Joshua, pues investigué y encontré que Jesús para los hablantes de yiddish es más que "Der Torle", el "Der Tor"o "Der TorL" (sin la "e"), y, además esto Jesús es llamado por los ashkenazis (que hablan Yiddish) como: "Yoshke", que sería algo así como decirle: "el pequeño José", ya que Jesús no era hijo (al menos carnalmente) de San José.

Jesús es llamado también por los ashkenazis como "mamzer Yeshu", y este es otro término así mismo peyorativo de Él, y quiere decir "El Bastardo" o el "Nacido de Adulterio" (que es lo mismo que bastardo en castellano según una visión arcaica de esta palabra).

Algunos textos rabínicos mencionan que Jesús sería mamzer solo por el hecho de nacer de una divinidad, estando su madre la Virgen María casada con un hombre. No sé si estos textos rabínicos hayan catalogado con algún apelativo similar a Samsón (cuyo nombre se relaciona con la divinidad Shemesh —el sol–), de quien algunos cabalistas hablan que su concepción fue del mismo modo divina, y que no sería el hijo de su padre Manoah, como lo dice el relato bíblico. Situación similar con Adán, quien vino del barro, o de Eva, quien vino de Adan; y son dos tipos de concepciones y nacimientos biológicamente inconcebibles.

Acerca de esto, "lo del mamzer Yeshu", Joshua Emanuel se enteró de esta expresión por unos judíos en un chat en el que Joshua fue partícipe, pero esto no se lo dijo a Juan (quien lo ha obviado en anteriores textos), y sí nos lo dijo a otros. Por tal motivo, le hago mención aquí.

C.Alfa) El Reverse Speech (Habla en Reversa) (conocido coloquialmente como: Mensajes Subliminales)

En la obra del ocultista inglés **Aleister Crowley** publicada cerca del año 1929, y titulada como: **Magia en Teoría y Práctica**, decía algo de interés con respecto al **habla en reversa** y otros temas más "en reversa" también, a saber:

Crowley, A., Symonds, J., Grant, K. (1986). Magia Teoria y Practica. España: Luis Carcamo Editor.

APÉNDICE VII
Liber השרב
y el
THISHARB SUB FIGURA CMXIII

¡Es posible!
*(00. No ha sido posible escribir este libro sobre una base de puro Escepticismo. Sin duda
la práctica conduce al Escepticismo y puede superarlo.)*

*Con este libro no se pretende llegar a un conocimiento Supremo. Por el contrario, sus
resultados tienden a considerar al Adeptus Exemptus ((latín: "el que alcanza") como un
ser separado del resto del universo, y en consecuencia descubrir su relación con él.*
*Es de gran importancia para el Adeptus Exemptus saber que no podemos sobrevivir.
Por lo tanto, que no intente lanzarse al Abismo (hebreo: Tehom, "profundidad") hasta
haber alcanzado en él la satisfacción más perfecta.*

*En el Abismo no es posible realizar ningún esfuerzo. El Abismo se traspasa gracias a la
virtud del Adeptus (latín: "el que alcanza") y de su Karma (sánscrito: karman,
"acción"). Dos fuerzas le empujan:*

La atracción del Binah (hebreo: "entendimiento").
El impulso de su Karma.
*La falta de impulso es igual al fracaso. Así pues, el abandono de la fuerza y dirección de
lo anterior.*

*Si se intenta dar el paso temerariamente cogiendo el Voto del Abismo sin estar
perfectamente preparado, se cae en el Abismo. Si este es el caso, se vuelve al Chesed
(hebreo: "misericordia"), pero se permanece en el círculo de infiel Karma de donde no se
sale a la mínima oportunidad.*

*Se ha dicho inclusive que en ciertas circunstancias uno puede incluso intentar hacerse un
lugar en la Vida cayendo en las filas de los Hermanos Negros (inglés: Black Brothers,
"hermanos oscuros"). Sin embargo, sostenemos que esto no es posible. Esta proposición
ha sido hecha por alguien que nunca ha pasado al Abismo y que nunca pasará ningún
hombre que haya al menos alcanzado el LUX (latín: "luz") de los Gnósticos.*

Todo aquello que existe en ese plano se verá destruido al cruzar el Abismo.

*Cuando uno se enfrenta al Ser, no puede evitar volverse el aspecto que se confronta. Así
es que cada hombre es su único señor por la virtud del mismo.*

15

Si el Adeptus no se encuentra satisfecho con el resultado de las meditaciones, que rehúse el Voto del Abismo y que viva para que su Karma gane fuerzas suficientes para continuar el trabajo.

La memoria es una parte esencial de la consciencia del individuo. De lo contrario, la mente sería como un papel en blanco, en el que sólo habría sombras. Pero sabemos que la mente no retiene exclusivamente impresiones sino más cosas. Algunas de ellas se asocian más que otras. Un gran clásico como Sir Richard Jebb fue incapaz de aprender las matemáticas elementales que se requerían para el examen en la Universidad de Cambridge, y fue necesario una Gracia especial de las autoridades para que pudiera ser admitido.

El primer método que sería descrito aparece en detalle en el Entrenamiento de la Mente de Bhikkhu Ananda Metteya (pali: "hermano Ananda el amigo"). Hay poco que se tenga que alterar o añadir. El resultado más importante al que se llega es la libertad de la dependencia del deseo. Asimismo, ayuda la adopción de un segundo método ofreciendo más datos para su investigación.

El estímulo de la memoria que es útil para ambas prácticas también se consigue por simple meditación (sánscrito: dhyana, "absorción") (Liber E) profundizándose uno en el por qué los recuerdos más antiguos surgen cuando el Adeptus puede liberar esto provocando nuevos engarces de ideas que le asaltan.

Zoroastro dijo esto: «Explora el Río del Alma, cómo y en qué orden fluye hacia Dios, así, aunque seas un esclavo, el cuerpo podrá llegar a la Orden (persa: Ahura Mazda, "señor sabio") de la que vienes, uniendo los Trabajos del todo con la Razón Sagrada (griego: Logos, "palabra" o "razón").»

El resultado de este Segundo Método consiste en demostrar al Adeptus el alcance que puede tener su voluntad. Si se encuentra en el Abismo y llega a ser Uno, vuelve a la realidad obteniendo el conocimiento de que Júpiter (latín: "padre celestial") como una Estrella nutre su existencia.

Método Primero. Que el Adeptus Exemptus entrene primeramente en pensar al revés haciendo uso de medios externos que son los siguientes:
a) Que aprenda a escribir hacia atrás, con ambas manos.
b) Que aprenda a andar hacia atrás.
c) Que aprenda a observar de un modo constante películas al revés, y escuchar discos al revés. Y que se acostumbre hasta que le resulte totalmente natural.
d) Que practique a hablar al revés. Por ejemplo, en cambio de decir «Yo soy Él», que diga «Él soy Yo».

e) Que aprenda a leer al revés. Es fácil equivocarse. Que aprenda a leer despacio al principio hasta que poco a poco se transforme en lector experto.
f) Que descubra por sí mismo otras ideas.

Al principio se sentirá confuso. Pero puede ir evitando las dificultades con un truco. Cuando esté normal, el cerebro procurará funcionar hacia atrás. Es difícil describir la naturaleza del truco, pero resultará obvio para cualquiera que haya realizado las prácticas (a) y (b) durante uno o dos días. Pero cuidado con inducir el progreso.

Una vez que se haya comenzado a entrenar el cerebro de esta manera y se obtenga un cierto éxito, que el Adeptus Exemptus (latín: "el que alcanza") se siente en su Asana (sánscrito: "postura") siendo primero en su actual postura, luego con su cabeza y espina dorsal perpendiculares al suelo, pero descansando en sus vértebras, etc. Luego, que se esfuerce en pensar en esta acción como si estuviera ocurriendo al revés. No es suficiente con el pensamiento de la acción, es vital que se perciba antes de ser comprendida, que se una con la que consiste el truco que está enseñado en el Libro de las Mentiras (referencia a un texto ocultista clásico) bajo el capítulo «El Nudo del Ahorcado» (latín: Nodus Suspendii). No calcule en su uso sino «allí bajo» sin dominio de cabildo. Esta actividad se llama entrenamiento «por extrañas operaciones».

La etapa final del progreso es tan simple como eficaz. El objeto del método es recordar los detalles de las acciones físicas, psíquicas y espirituales del pasado como si hubieran sucedido en el presente. Este estado de retroceso consciente se adquiere con una consciencia actualizada sobre las cosas previas y lo no escrito en la experiencia de los ancestros se reconstruye con una claridad asombrosa. (ata-rata pomnlkihgih).

Sin duda las potencialidades humanas son limitadas. Sin embargo, que el Adeptus Exemptus no pierda la esperanza si descubre que no puede concentrarse más profundamente sin sentirse inseguro hasta adecuarse.

El Adeptus Exemptus debería concentrarse en obtener un dibujo perfecto de cinco minutos hacia atrás en cambio de extender el tiempo de la meditación. Este entrenamiento de la mente es el Pons Asinorum (latín: "puente de los asnos") de todo el proceso.

Si este ejercicio de cinco minutos es satisfactorio, que lo haga más extenso hasta ir cubriendo sucesivamente un día, una semana, etc. Las dificultades se desvanecen al hacerse progresos. Quizás la extensión de un día a toda la vida es más fácil que perfeccionar los primeros cinco minutos.

Esta práctica debería repetirse por lo menos cuatro veces al día. El progreso se va observando por la agilidad de la mente y por la cantidad de recuerdos que surgen.

Esta práctica con el tiempo llega a ser mecánica, y se puede ver qué efecto se produce de las causas. Así la mente puede ir asociando los recuerdos al tiempo que el adepto se prepara para el segundo método.

La mente vuelve miles de veces al momento del nacimiento. Luego se le da a intentar penetrar en épocas anteriores a este período*. Si el entrenamiento ha sido el adecuado, el adepto no debería encontrar dificultades, ya que éste es uno de los pasos de la práctica.

Es posible que se pierda una vida anterior a la existencia previa. Si esto ocurre, ha de escribirse como tal.

Un método consiste en visitar un lugar en el que nunca hemos estado para que nos parezca familiar. Esto puede ser el resultado de la confusión o de un lapsus de la memoria. Pero esto no es concluyente. Si se ha alcanzado este punto, se debe verificar si había documentos guardados (por ejemplo, Cracovia) que den una idea clara de lo que se recuerda, ya que el subconsciente puede jugar una mala pasada con sus descubrimientos. Que luego lo confirme consultando con autoridades y sus geógrafos. Esto puede ser una fuente de información valiosa para confirmar los recuerdos. No obstante, si se tiene éxito, se pueden descifrar muchos detalles y un trabajo puede ocurrir a él. Que descifres en mecánica lo que ocurre y que luego se relacione con lo que había recordado.

Este proceso de indagar en la memoria debería practicarse con los recuerdos de la infancia y la adolescencia refiriéndose con todas las precauciones y sin error.

Una vez que este trabajo ha sido perfeccionado, llegando la memoria a abrazar vidas anteriores, las enseñanzas que el Adeptus Exemptus recibió sobre las características de los cuerpos deberían hacer todo aquello que le sea necesario para evitar errores.

El olvido freudiano trata de esconder el shock de la muerte. Uno se debe acostumbrar a enfrentarse con esta enseñanza de otras maneras como por ejemplo a través de un método más útil de modo habitual.

Es posible que siendo sólo un Adeptus se sienta insatisfecho y se llene de tristeza.

*Si esto es así, que no dude en hacer el voto del Abismo**.

Voto del Abismo (**):
Yo, _____, *miembro del Cuerpo de Dios, me comprometo en nombre de todo el Universo, así como ahora estamos físicamente atados a la cruz del sufrimiento: 1. que llevaré una vida pura, como un devoto servidor de la Orden; 2. que comprenderé todas las cosas; 3. que amaré todas las cosas; 4. que realizaré todas las cosas y soportaré todas las cosas; 5. que continuaré en el Conocimiento y la Conversación con mi Santo Ángel Guardián; 6. que trabajaré sin apego; 7. que trabajaré con verdad; 8. que confiaré únicamente en mí mismo; 9. que interpretaré cada fenómeno como un trato particular de Dios con mi alma. Y si fracaso en esto, que mi pirámide sea profanada y el Ojo cerrado para mí.*

*Prescott-Steed, D. (2019). Tracing Invisible Lines: An Experiment in Mystoriography. Reino Unido: Parlor Press, LLC.

** Oath of the Abyss

De todo lo dicho la parte de interés es esta:

Método Primero. Que el Adeptus Exemptus entrene primeramente en pensar al revés haciendo uso de medios externos que son los siguientes:
a) Que aprenda a escribir hacia atrás, con ambas manos.
b) Que aprenda a andar hacia atrás.
c) Que aprenda a observar de un modo constante películas al revés, y escuchar discos al revés. Y que se acostumbre hasta que le resulte totalmente natural.
d) Que practique a hablar al revés. Por ejemplo, en cambio de decir «Yo soy Él», que diga «Él soy Yo».
e) Que aprenda a leer al revés. Es fácil equivocarse. Que aprenda a leer despacio al principio hasta que poco a poco se transforme en lector experto.
f) Que descubra por sí mismo otras ideas.

Es por eso que varias referencias indican que Aleister Crowley instaba a sus seguidores a hablar al revés y tocar el fonógrafo al revés. Pero ojo, que más allá de esa simple aseveración difundida en la cultura popular pues hay una doctrina esotérica, mágica y mística profunda, y de a ratos siniestra. Basta solo con leer lo compartido.

C.1. ¿Qué decía Joshua Emanuel respecto a esto de "tocar música" al revés según lo relató en su momento Juan Quiñónez Albán?

Libro: [Yo Soy] El Autoiniciado
Liber I
¡Hola, yo soy Joshua Emanuel Torres!

19

Capítulo 11: ¿Y si las voces al hablar tuvieran dos significados?
Conversaba Joshua con su grupo de amigos "darks", y él
recuerda que cuando tenía 5 años, y estando en una matiné
(fiesta infantil) alguien supo indicar (en una conversación
aparte) de que una cantante brasilera de nombre XUXA
[cuyo nombre en portugués significa lirio o susan], tenía
mensajes ocultos en sus canciones (…)

¿Cómo es posible que un sonido al revés, pueda tener
palabras que suenen como un audio normal? (se preguntó
Joshua a los 5 años).
Estando con los amigos (como anteriormente mencioné),
relanzó esta hipótesis que cuando niño tenía. Se
encontraban reunidos: Pietro, Gabo, Roxana, María Kerly,
Efraín, Adriano y alias Fumando (el Fumado también le
decían).

Pietro, Gabo y Efraín, dijeron que sería "bueno investigar
aquello", Adriano y Fercho pues se mostraron más
renuentes y escépticos, las chicas Roxana y María Kerly
asintieron emocionadas, pero asustadas por dentro (…)

Capítulo 12:El idioma inglés es una espada de doble filo.
Joshua, sin ser lingüista tenía una afición por lo que eran los
idiomas. Dominaba el inglés, puesto que el Liceo Br. Kreuz
Rosen era bilingüe, así que esta lengua se le daba con
Facilidad (…)

Joshua propuso colocar una letra de su canción: "Keep On
Rocking" en el software de grabación, para revertir el audio.
Esta canción decía en una de sus frases:
—So you want to be free, you want to be what people love to
see, you want to be someone else, you are f-cking fake, and
you won't change my way. I keep on rocking, I keep on
rocking, I keep on rocking day and night, I f-cking rocks it‖;
que se traduciría en:

Entonces quieres ser libre, quieres ser lo que a la gente le
encanta ver, quieres ser otra persona, eres jodidamente
falso y no cambiarás mi forma de ser. Sigo rockeando, sigo
rockeando, sigo rockeando día y noche, yo rockeo (…)

*Procedieron ellos a revertir el audio, y, se escuchó el
siguiente mensaje claramente pronunciado:*
*—Say, no one see who is now with Jesus. Follow me, he was
not with me, he was not with you, he was not with us\|; que
se traduciría al español en:*
*"Dice [palabra usual en Ecuador
al iniciar un diálogo], nadie ve quién está ahora con Jesús.
Sígueme, Él no estaba conmigo, Él no estaba contigo, Él no
estaba con nosotros".*

*Quedándose todos estupefactos, no
podían creer lo que oían, procedieron a repetir como 20
veces la grabación, y en todas las veces se oía lo mismo.
Todos, quienes venían del mismo colegio, y dominaban en
mayor o menor grado el inglés, entendieron todo a la
perfección, un silencio incómodo invadió el cuarto donde
estaba la computadora de Pietro.*

*Incluso hasta el más
escéptico escuchó claramente el por así decirlo —mensaje
subliminal— de la canción de Josh.*

C.2. ¿Qué importancia tiene lo dicho por Joshua y su relación con lo que dijo Aleister Crowley?

Pues esto de colocar música al revés es físicamente posible desde finales del siglo 19 en adelante. Y pese a que el hecho de hablar al revés es referenciado a mediados del siglo 19, por otros autores (ver "Reverse Speech" en el canal de Youtube: Ancient Secrets Wisdom). Pues sería un tema relativamente moderno.

Es obvio que el colocar audios al revés es el punto base de la que según Juan Quiñónez sería la "auto iniciación" de Joshua, y esto se da en la narración del siguiente relato, mismo que es posterior a la experiencia previamente relatada en la que Joshua y sus amigos pues colocaban las canciones de la misma autoría de Joshua (quien era músico amateur) al revés. A saber:

*Libro: [Yo Soy] El Autoiniciado
Liber I
¡Hola, yo soy Joshua Emanuel Torres!*

Capítulo 12. El idioma inglés es una espada de doble filo.
En esos años había una banda norteamericana de nombre
Slipknot que había sonado a principio de los 2000s, y que
aún al 2012 (año en el que transcurre lo relatado) se
escuchaba entre rockeros. Ellos tenían una canción llamada
—Iowa— que duraba 16 minutos aprox. y que era la más
extraña del disco del mismo nombre. En un video en internet
unos usuarios habían subido el audio revertido de esta
canción, y justo en una parte donde se oían unas frases al
revés, estas podían oírse normal en el video de Youtube.
Es decir, la canción Iowa tenía frases al revés pregrabadas.
En esas frases se oía (una vez revertido el audio) esto:
—Don't look at me— (no me mires, en inglés), dicho con furia y
de forma bastante malévola.
¡Wow!, dijeron Joshua y Fernando.
Llegaron entonces los otros chicos, y, Joshua y Fernando
les contaron lo sucedido.
Canta Iowa, Josh, dijo Efraín, tú puedes hacer voz gutural
como el Corey Taylor (vocalista de Slipknot).
¡Chuzo! (expresión ecuatoriana como de leve
disconformidad), deja ver, dijo Joshua.
Procedió entonces Joshua a gritar con voz metalera gutural
la frase —Don't look at me—, de forma que la grabaron y la
colocaron en el software de reversión de audio: —In the OOL
oH— (una frase sin sentido), se escuchó. Esto quería decir
que el audio que se oía, el —Don't look at me—, pues había
sido en efecto grabado normal y en la mezcla de audio en el
estudio se colocó la reversión de dicho audio en la canción
Iowa (...)
Dejaron la mayoría de los chicos el ensayo en casa de
Pietro, y se quedaron hueveando (o webeando, perdiendo el
tiempo en Guayaquil), estando así: Pietro, Gabo, y Joshua.
Joshua dijo:
¿No será de ver [más bien oír] si hay más mensajes ocultos
en —Iowa— [la canción de Slipknot]?
Todos medios desanimados asintieron.
En una parte de la referida canción decía normal: —I will kill
you, to love you— (te mataré, para amarte). Lo canta Corey
Taylor así: I will kill you, TO LOOOOOVE YAAAAAA,
LOOOOOVE YA [siendo "Ya" la contracción informal de
—You— [tú, en inglés]].

Al revés en tremendo grito se escuchaba la frase: —I die—,
gritado: —IIIIII DIIIIIIEEEEE— *(transliterado fonéticamente al
español: Ai Dai) (traducido en: yo muero).*
Nuevamente helados [en shock], Joshua dijo:
¿Qué relación tiene lo dicho con lo revertido?
Nadie respondió nada, nadie dijo nada.
Joshua analizó rápido la relación y dijo:
*Si la canción habla de matar y amar; no sería amor, sería
algo enfermo, insano, algo malo.*

Por eso, es que se escucha —Yo muero— *(I die), ya que al
matar y decir que es amor, Corey [el vocalista], en teoría
muere; ya que no puede haber amor en un homicidio.*
*Gabo y Pietro, no dijeron nada, por un momento, y hubo un
breve silencio.*
Gabo dice: es lógico, quien ama, no hiere; peor aún asesina.
Pietro dice: canta esa parte Joshua, pa' ver que sale.
Joshua, grita, graba y luego revierte el audio.
En vez de aparecer el grito: —I die—, *aparece la palabra:*
—DIAAAAA-BLOOOOO—
—DIAAAAA-BLOOOOO—
—DIA-BLO—, *en un español claro y fuerte.*
*Joshua bota súbitamente el micrófono, puesto que lo
sostenía mientras se reproducía el audio. Y sumamente
asustado, como nunca los amigos le habían visto, guarda
todo y dice:* —Me la saco— *(frase que indica* —me voy— *en
Guayaquil).*
*LOVE YOU (amarte), gritado, es a Corey Taylor (el vocalista
de Slipknot): I die (yo muero).*
*LOVE YOU (amarte), gritado, es a Joshua Emanuel Torres
(un niño de 12 años de Guayaquil, Ecuador): DIA-BLO (en
español, Devil en inglés).*
Se pone Joshua en modo reflexivo.
Joshua entiende todo, pero a la vez no entiende nada.
*Llega a casa, no es muy tarde, su hermano James estaba
en su cuna-corral, su madre estaba sirviendo algo que había
traído de comer. Don Nahúm no había llegado todavía.*
Joshua va a su computadora y empieza a armar patrones.
Graba la palabra: —Love— *(amor, amar) y le invierte, al revés
se escucha* —Fall— *(caer, otoño).*

*Amar es caer dice. To Love (amar en infinitivo en inglés) is
[es] to Fall (caer así mismo en infinitivo).
—To Love is To Fall—.
Love You, puede fonéticamente decir: LOV IU, lo que al
revés sería UI FOL (la v al revés suena como la letra f). Eso
quiere decir: Love you, es: we fall (Amarte, nosotros caemos
(en español)). Esto se da cuando uno habla e invierte el
audio, sin grito ni nada más.
Si grito: To Love You (Amarte), pero el You [en español: tú],
lo digo de manera informal: Ya', quedándome: To Love Ya'.
Se le escucha a Corey Taylor: I die (yo muero),
fonéticamente Ai Dai.
—I will kill you, to love you— (te mataré para amarte) dice la
canción: Iowa de Slipknot; y lo dice con grito metalero
gutural.
Es decir: amar y después de matar, implica la muerte del
asesino.
Tiene sentido.
No hay amor en lastimar adrede. No hay amor en el delito o,
después de haber cometido un delito. No hay amor, si este
lleva a la muerte (de quién se dice amar).*

*Muy bien, dice Joshua; hasta ahí todo claro. Pero por qué
cuando yo grito, en vez de escucharse —I die— al revés, se
escucha la palabra —Diablo—.*

/////

Comentario de Raúl Benjamín:

Hasta ahí la serie de sucesos pues parecerían una mera pareidolia (en pocas palabras, ver, oír o apreciar de forma subjetiva algo que no es real por medio de una percepción errónea y aparente), sin embargo, y esto Joshua lo dijo en su canal Ancient Secrets Wisdom, del Youtube (ver video Reverse Speech), de que:
1. El mensaje al revés puede variar según acento, entonación, velocidad de pronunciación de las palabras.
2. El mensaje en una canción pudiere variar al hablar, grabar y reproducir dicha grabación al revés.
3. No todas las personas pueden obtener un mensaje al revés, incluso asemejándose a la fuente original (es decir por ejemplo: un cantante).
4. El colocar audios al revés abre portales.

Comentario de Raúl Benjamín:
Si dudan lo dicho aquí, pues pónganlo a prueba.
Si aquello que es espiritual decide manifestarse,
pues lo hará, si no, pues no lo hará.

Este último numeral 4 lo dijo Juan Quiñónez en su relato, Liber I, del Libro
[Yo Soy] previamente referenciado, a saber:

*"Joshua tenía algo claro, el revertir audios, puede abrir
portales, puede cambiar la actitud de personas a su* [nuestro]
*alrededor o incluso puede propagar la aparición de personas
de dudosa moralidad* [o siniestras] *en su* [nuestro] *trayecto o camino"*
El tema este de los portales nace a raíz del siguiente relato, del mismo libro,
y mismo capítulo:

*"Al día siguiente, y siendo sábado. Cómo no era peligroso
andar solo en las calles (allá por el 2012), y dado que sus
compañeros vivían cerca de su casa, Joshua fue a visitar a
Omar, su antiguo compañero de escuela, quien días atrás le
había invitado a jugar Play Station. Procedió a conversar
Joshua Emanuel con él aquella experiencia, y, Omar, quien
recordaba la hipnosis de Joshua a Andy en la escuela, pues
le creyó todo lo que Joshua le dijo respecto a los mensajes
subliminales.*

*Estaban ellos sentados en un pequeño bar dentro de la casa
del padre de Omar; un karaoke-bar específicamente, mismo
que se encontraba en la parte inferior o primer piso de la
casa, junto a la sala de estar, y el cual tenía una pared
cubierta por espejos. Cuando súbitamente se ve un niño
completamente blanco, sin color alguno, cual sábana
blanca, correr desde la mitad de la sala y meterse en un
espejo de la pared aquella.
Omar y Joshua se miraron el uno al otro. No dijeron nada.
Omar comentó: ¿Si viste esa webada? (manera despectiva
de referirse a algo).
- Si, si, dijo Joshua.
Coincidencialmente se parecía bastante esa criatura o
creatura, al hermano menor de Omar, quien tenía 7 años, y,
quien estando plenamente vivo, se encontraba dormido en
el piso superior. Doy fe, según lo que me indica Joshua*

*Emanuel, que siendo actualmente el 2038, el hermano
menor de Omar sigue vivo; y que según me supo indicar
Joshua Emanuel, aquella aparición, vista en simultáneo por
dos personas lúcidas, pues se trataba o bien de un
desdoblamiento del espíritu del hermano menor de Omar, o
un ente quizás, pero al no haber cámaras, pues esto solo
queda en relato o testimonio oral. Ni Joshua ni Omar
hablaron de esto con nadie, solo conmigo (el editor de este
manuscrito Juan, hijo de Manuel y Vicenta)".*

C.Beta) El Reverse Speech (Habla en Reversa)
(conocido coloquialmente como:
Mensajes Subliminales)
y
La Leyenda de Hiram Abiff

Recordemos la frase que compartí anteriormente, y que ha sido
relativamente conocida en la cultura popular, de forma específica entre
aquellos relacionados al género musical del Rock (ya sea a favor o en
contra), misma que cito, no textualmente sino como me llegó según la
tradición oral y cultura popular:

<< (…) *varias referencias indican que Aleister Crowley instaba a sus seguidores a
hablar al revés y tocar el fonógrafo al revés*>>

Referencias de la frase:
a) La Última Arma: Ayunando Un Año. (2022). (n.p.): Josue Gutierrez.

b) Bellon, M. (2024). Conspiraciones, leyendas y mitos en la historia de la
música. Colombia: AGUILAR.

c) Aspra, L. (2007). Seres de luz y entes de la oscuridad. Estados
Unidos: Penguin Random House Grupo Editorial México.

d) Symonds, J. (2008). La Gran Bestia: Vida de Aleister
Crowley. España: Siruela.

Entre otros textos…

La frase esta sobre Crowley se encontraba en una página de nombre "Satán Red", misma que al 2012 aún funcionaba, y, actualmente al 2040 pues no existe, sin embargo, según me mostró Juan Quiñónez sobre una captura de pantalla tomada por Joshua, en la misma página donde mencionaban a Crowley y la frase referida, pues indicaban en un comentario o post a parte, la leyenda de Hiram Abiff, misma que transcribiré según lo hizo Juan Quiñónez, y según Joshua pues nos lo solía contar, a saber:

—*En tiempos del Rey Salomón vivió un hombre de nombre* **Hiram Abiff***, a quién se le había encargado la tarea de diseñar las obras que decorarían el templo de Israel.*
Instalando junto al Jordán un taller, tenía Hiram tres tipos de constructores clasificados en tres tipos de categorías, y cuyos números eran por miles.
Ya al acercarse la culminación del templo, una reina, la reina de Saba, cuyo nombre era **Balkis** *y su belleza había trascendido las fronteras había viajado a Jerusalem para encontrarse con el Rey Salomón. Un ave de nombre* **Hud-Hud** *[fonéticamente similar al Pokemón Hoot-Hoot, que Joshua veía con sus amigos en la tele] le supo indicar a Belkis [o Balkis] que una cepa de vid, cercana al templo, había sido retirada junto con una tumba de unos antepasados de Salomón. Una vez reunida Belkis con Salomón, ella le recriminó el retiro de la vid y la tumba aquella, y, ante esto Salomón solo supo indicar que el retiro aquel sería compensado con la elaboración de un altar en el cual se colocarían cuatro serafines de oro.*
"No sabe acaso Rey Salomón que esa vid había sido plantada por Noé, quien es antepasado suyo. Escrito está pues, que por lo acaecido, el Príncipe de su raza real, será colgado a un madero como un criminal; sin embargo este suplicio, será causa de que el nombre de Usted sea salvo. Rey Salomón, lloverá sobre su casa una gloria inmortal".
Pese a lo extraño que mencionó Balkis, Salomón hizo caso omiso.
Balkis quería por esos días conocer [literalmente] a aquel maestro constructor de nombre Hiram Abiff, y una vez logrado este cometido, ella deseó conocer [más no conocer en sentido carnal] a los decoradores del templo, pero, Salomón se opuso a esto.

Unos constructores a quienes llamaban como los *"Juwes"* y
de nombres: Jubelas, Jubelos y Jubelum, tenían pensado
sabotear la obra de Hiram Abiff. Enterándose de esta
conspiración un discípulo de Hiram de nombre: Bedoni, y al
no poder este hacer nada, puesto que el sabotaje fue más
rápido que la noticia, se quitó él la vida lanzándose a un
fuego fundido en estado líquido cual lava. Hiram, desolado
ante esto, cayó triste en un profundo sueño, cuando de
repente una voz le despertó:
Despierta y sigue, hijo mío, que he visto los males que
afligen mi simiente.
- ¿Quién eres? preguntó Hiram Abiff.
Soy, Tubalcaín, respondió el ser aquel.
Yo soy el padre de tus ancestros, y te llevaré conmigo al
centro de la tierra donde hay fuego y llamas.
- ¿Qué hay ahí a parte de eso? dijo Hiram Abiff.
Ese es el hogar de Enoc, nuestro padre, al que Egipto llama
HERMES y Arabia honra con el nombre de **Edris, conocido
este último con el apelativo de LA MEDITACIÓN**.
- ¡O' æterna potestas!*, exclamó Hiram
*[Verbatim, ya que esto se encontraba en latín según el
comentario posteado que vio Joshua en internet].
Habiendo descendido ambos, Hiram Abiff fue instruido por
Tubalcaín en orfebrería y otras artes secretas.
Largo es mi linaje, dijo Tubalcaín.
- ¿Qué linaje tienes mi señor?, exclamó Hiram.
Iblis, Caín, Enoc, Mejuyael, Matusael, Lamec y yo,
Tubalcaín.
- ¿Qué más deseas que conozca mi Señor?, he aprendido
las artes conforme tus enseñanzas, dijo Hiram.
Escucha pues:
En principio hubo dos dioses, uno de nombre Adonai, quien
controlaba la tierra y otro de nombre Iblis, el Samael, el
Lucifer, el Prometeo, el Baphomet; quien era en sí, el amo
del espíritu y del fuego.
Adonai creó al hombre del barro y le dio vida. Mientras que
Iblis y sus seguidores, conocidos como los Elohim, no
quisieron que el hombre sea el esclavo de Adonai,
despertaron en el hombre su espíritu, le dieron inteligencia,
y entendimiento.

*Tiempo después, Lilith, quien fue la primera mujer, copuló
con el primer hombre de nombre Adam [SIC], y le enseñó el arte
del pensamiento. Iblis, en cambio, fecundó a Eva (quien
venía de Adán y era la segunda mujer), y de esta unión
nacería un niño al que llamaron: Caín.*

*Una vez nacido Caín, Eva se unió con su marido Adán y de
esta unión nació Abel.*

*Caín por la predilección y desprecio de Adán, mata a su
hermano Abel, y luego de que Adonai se enterara, y lo
mandara errante por la tierra, tuvo que Caín usar su
inteligencia para poder sobrevivir en su destierro.*

*Entra entonces Caín en el diálogo entre Tubalcaín e Hiram
Abiff solo para decir:*

*"Injusta es la situación de los hijos de Adonai, puesto que
trabajan sin cesar, y en su miseria pues debieron enfrentar
el diluvio. Que si no fuera por Noé, y los hijos del fuego que
le pusieron en sobre aviso, más cruel sería el destino del
hombre".*

*Estando Hiram y Tubalcaín en el límite entre la tierra y el
centro de la tierra, este último le revela a Hiram, que es el
último príncipe de sangre del linaje de Iblis, y que debía
consumar su amor (conocer carnalmente) a Balkis, quien
también tenía su linaje.*

*Regresando al templo, Hiram Abiff, cumple con el precepto
de sus ancestros y se une a Balkis [o Belkis].*

*Los Juwes, no conformes con haber saboteado la obra de
Hiram Abiff procedieron a complotar para matarle, y, a efecto
se colocaron cada uno en cada una de las puertas del
templo, queriendo así incitar a Hiram a revelar sus secretos.
Hiram al negarse fue asesinado por los Juwes.*

*La muerte de Hiram fue vengada tiempo después y su
cuerpo reposó en el Monte Zión.*

*Habiendo leído esto Joshua, entendió que este Tubalcaín en
el centro de la tierra era una representación de lo que
Joshua entendía como —El Diablo—, y, estando aquel en su
subconsciente, quizás esta revelación, post, comentario o
texto que leyó, pues no era del todo una casualidad sino
más bien la advertencia de que si continuaba adentrándose
en estos temas ocultos, pues podía irle peor, ya que se
toparía de frente con poderes antiguos.*

/ / /

Este texto, al cual no sé, quisiera enmarcarlo o ponerlo en piedras, pues da lugar a varias referencias, algunas arquetípicas, las cuales a continuación analizaré desde una perspectiva lexicográfica.

Hiram Abiff (sust. masc.)

Figura legendaria masónica y bíblica mencionada como חִירָם (Ḥīrām) o חוּרָם (Ḥūrām) (1 Reyes 7:13-14; 2 Crónicas 2:13-14), maestro artesano tirio, hijo de un tirio y una mujer de Neftalí, encargado por el rey Salomón (שְׁלֹמֹה, Shlomó) de decorar el Templo de Jerusalén (בֵּית־הַמִּקְדָּשׁ, Beit HaMikdash). Según Mackey ("The Symbolism of Freemasonry" y "Encyclopedia of Freemasonry"), Hiram fue asesinado por los "Juwes" (Jubelas, Jubelos y Jubelum) al negarse a revelar secretos sagrados, representando lealtad y sacrificio. Asociado esotéricamente con Tubalcaín (תּוּבַל קַיִן, Tūval Qayin) y Balkis (بلقيس, Arab. Bilqīs), su historia simboliza la inmortalidad del alma y la transmisión del conocimiento en el rito masónico del Tercer Grado.

Balkis (sust. fem.)

Nombre legendario atribuido a la Reina de Sabá, destacada en textos bíblicos (1 Reyes 10:1-13; 2 Crónicas 9:1-12), coránicos (Sura An-Naml, 27:38-44) y tradiciones culturales como símbolo de sabiduría, riqueza y liderazgo. En las escrituras hebreas, su visita al rey Salomón la presenta liderando un espléndido séquito cargado de especias, oro y piedras preciosas, planteando enigmas cuya resolución evidenció la sabiduría del monarca. En el Corán, identificada como Bilqis (ár. بلقيس), se narra su conversión al monoteísmo tras abandonar la adoración solar de su pueblo al reconocer la supremacía de Allah. Su nombre, de origen incierto, podría derivar del árabe qays (ár. قيس, romanización: q-y-s), un término polivalente cuya raíz ق-ي-س (q-y-s) denota los conceptos de "medir", "evaluar" o "calcular", asociada simbólicamente con cualidades como precisión, juicio y firmeza. Alternativamente, el nombre también podría tener conexiones con lenguas sabeanas antiguas, vinculadas al reino de Sabá, asociado históricamente con Yemen y Etiopía, conocido en fuentes grecorromanas como Arabia Felix por su prosperidad comercial. En la tradición masónica, Balkis representa la transmisión de conocimientos esotéricos y se vincula simbólicamente con Hiram Abiff, constructor del Templo de Salomón (Encyclopaedia of Freemasonry, Mackey, 1873).

Hudhud (sust. masc.)

El hudhud (Arab. هدهد, romanización: hudhud) es una ave mencionada en el Corán (Sura An-Naml, 27:20-28) como mensajero entre el profeta Salomón y la Reina de Sabá. Su nombre, una onomatopeya árabe, refleja su canto característico y simboliza sabiduría y devoción a la autoridad divina en la tradición islámica (Lane, E. W., An Arabic-English Lexicon; The Encyclopaedia of Islam, 2nd ed.). La abubilla (Upupa epops), científicamente identificada como hudhud, es una especie diurna, solitaria y migratoria de la familia Upupidae, clasificada en el orden Upupiformes (BirdLife International, 2016). En la poesía sufí, como en La Conferencia de los Pájaros de Farid ud-Din Attar, el hudhud simboliza al guía espiritual, reconocido por su habilidad para encontrar agua, lo que lo convierte en una poderosa metáfora de la búsqueda de la verdad divina (Theosophy in India, 1910). En tradiciones persas y judías, se menciona en la Torá como ave impura (Lev. 11:19; Deut. 14:18) y se le llama "gallo salvaje" en el Talmud (Git. 68b). Su carne, con un olor desagradable, ha dado origen a leyendas sobre su capacidad para proteger tesoros y transportar el shamir, un gusano usado para cortar piedras sin hierro (Deut. 27:5; Ḥul. 63a).

Juwes (sust. pl.).- En relatos masónicos, ref. a Jubelas, Jubelos y Jubelum, tres constructores que conspiraron y asesinaron a Hiram Abiff, maestro artesano encargado del Templo de Salomón (1 Reyes 7:13-14). Simb. de traición e ignorancia en los grados masónicos, según textos como The Symbolism of Freemasonry (Mackey, 1882). Etim. incierta, asoc. al hebreo יוּבָל (Yubal, "corriente") y al linaje de Tubalcaín (תּוּבַל קַיִן, Tūval Qayin). Papel clave en mitos masónicos, reforzando ideales de lealtad y sacrificio. Hist. El término adquirió notoriedad fuera del ámb. masónico durante la investigación de los crímenes de Jack el Destripador. En la escena del crimen de Catherine Eddowes (30/09/1888) se halló la frase "The Juwes are the men that will not be blamed for nothing" ("Los Juwes son los hombres que no serán culpados por nada") escrita con tiza en un muro cercano. Su interpretación ha sido debatida: 1) Asoc. a los masones y los "tres Juwes" del mito de Hiram Abiff. 2) Error ortográfico intenc./casual de Jews (judíos), reflejando prejuicios antisemitas comunes en la época. La policía, temerosa de disturbios antisemitas, ordenó borrar la inscripción antes de documentarla fotográficamente. Fuentes incl. informes policiales y obras como Jack the Ripper: The Final Solution (Stephen Knight, 1976, ed. revisada 1984), donde se explora una posible conexión entre los crímenes y la masonería, aunque sus conclusiones han sido criticadas por historiadores por falta de evidencias concluyentes.

Respecto a esta palabra: Juwes; pues resulta interesante que el teólogo y traductor John Wyclif (+1384), según manuscrito MS. 647 (W) de la biblioteca Bodleiana (Bodleian Library), donde se evidencia un texto titulado como: "De Blasphemia, Contra Fratreses" escrito en inglés medio, llame a los judíos como Juwes.

Según como dice la siguiente traducción que hice con ayuda del software de traducción (del inglés medio – usado entre siglos 12 a 15 – al inglés moderno):

<u>Inglés medio:</u>

And herfore Seynt Jerome, þat couthe more of holy writte
þen alle þo men now on lyve, for he was lenger tauzt, wrytes
þus a . Here we, he seis ; þat bred þat Crist brake, and gaf his
disciplis to eete, is his owne body, ffor he hymself seis þat þis
is my body. And to dampne wordis or sentence of þis holy
mon were a foolis tourne, to scorne of þo dampner ; as we
shulden scorne þes heretikes, þat leven Cristis wordis, and
feynen wordis or sentence wiþouten auctorite. As somme seyn,
þat is þo sentence of þo gospel, not þat þis bred is Cristis body,
bot þat þis bred schal be Cristis body. Somme ben not payed
of þis, but þat of his bred shal be Cristis body. Po pridde seis,
þat Cristis body is not new made, ne getis not new mater þat
was in þo bred ; so þat not of þis bred is makid Gods body, but
þat þes accidentis bitoken Gods body. Mony soche sentencis
ben feyned of freris, by whom Anticristis clerkis reversen
Cristis sentence. By þis mot we graunte þat þis bred þat Crist
brak is verrely his body, or elles sey þat þis holy gospel is fals,
or ellis uncraftily cloute to wordes of Crist. And sith everiche
mon þat wiþouten auctorite of Crist puttes witte to Cristis
wordes þat God askes not, is an heretike, hit is open þat soche
feyners ben alle blasphemes.
Bot ageynis þis grutches Anticrist, þat þis sacrament shulde
togedir be bred and Gods body. Bot, as he feynes, when þat
Gods body bygynnes to be þere, þen bred turnes to nozt, and
accident leeves. Pes foolis shulden undirstonde þat Baptist, when
he was naked, holly ceesid not to be Jon, ne non oþer þing.

And
so þes blasphemes passen <u>Juwes</u> in fooly, for <u>Juwes</u> knowen pat
hit is bred when þei kyndely eten hit ; and so þese freris and
Pharisees ben madder pen <u>Juwes</u> and falser pen Paynims, sip þei
trowen nowþer þat hit is Gods body, ne bred, ne creature pat
ever God made. Bot feythe of po gospel techis us to trowe
þat þis is verey bred after po sacringe, for Crist hymself seis, pis
bred is my body ; bot what foole con not se þat ne pen hit is
bred ? Also po gospel techis Cristen men to preye aftir þis iche
day bred, or owne substaunce. And Austyn techis þat by pis
bred Crist undirstode pis sacrament. Also po apostlis knewen
Crist by brekyng of pis bred ; and pis bred was po sacrament,
as Austyn seis, wip po popis lawe. And Seynt Poule, pat
owver oper knew of Gods priveytes, calles þis sacrament, bred
þat we breke.

Inglés moderno:

And therefore Saint Jerome, who knew more of Holy Scripture than all the
men now alive—for he was taught for longer—writes thus: "Here we, he
says; that bread that Christ broke and gave to His disciples to eat is His own
body, for He Himself says that this is My body." And to condemn the
words or meaning of this holy man would be a fool's act, to the scorn of
the one condemning; just as we should scorn these heretics who leave
Christ's words and invent words or meanings without authority.

Some say that this is the meaning of the Gospel: not that this bread is
Christ's body, but that this bread shall become Christ's body. Some are not
satisfied with this but say that from this bread shall be Christ's body. The
third group says that Christ's body is not newly made, nor does it gain new
matter from the bread; so that not from this bread is God's body made, but
that these accidents signify God's body. Many such meanings are invented
by friars, by whom Antichrist's clerks reverse Christ's teaching. By this, we
must grant that this bread that Christ broke is truly His body, or else say
that this holy Gospel is false, or else unskillfully patch words to Christ's
own. And since every man who, without Christ's authority, adds meaning to
Christ's words that God does not ask for is a heretic, it is clear that such
inventors are all blasphemers.

But against this Antichrist grumbles, saying that this sacrament should together be bread and God's body. But, as he claims, when God's body begins to be there, then the bread turns to nothing, and the accidents remain. These fools should understand that John the Baptist, when he was stripped, wholly ceased not to be John, nor anything else.

And so these blasphemers surpass Jews in folly, for Jews know that it is bread when they naturally eat it; and so these friars and Pharisees are madder than Jews and falser than pagans, since they believe neither that it is God's body, nor bread, nor a creature that God ever made.

But the faith of the Gospel teaches us to believe that this is truly bread after the consecration, for Christ Himself says, "This bread is My body." But what fool cannot see that then it is bread? Also, the Gospel teaches Christians to pray for this daily bread or our own substance. And Augustine teaches that by this bread Christ understood this sacrament. Also, the apostles knew Christ by the breaking of this bread, and this bread was the sacrament, as Augustine says, with the pope's law. And Saint Paul, who above others knew God's mysteries, calls this sacrament the bread that we break...

Castellano:

Y por eso San Jerónimo, quien conocía más de las Sagradas Escrituras que todos los hombres vivos ahora—porque fue instruido por más tiempo—escribe así: "Aquí nosotros, él dice; ese pan que Cristo partió y dio a Sus discípulos para comer es Su propio cuerpo, porque Él mismo dice que esto es Mi cuerpo." Y condenar las palabras o el significado de este santo hombre sería un acto de necedad, para escarnio del que condena; así como deberíamos despreciar a estos herejes que abandonan las palabras de Cristo e inventan palabras o significados sin autoridad.

Algunos dicen que este es el significado del Evangelio: no que este pan sea el cuerpo de Cristo, sino que este pan será el cuerpo de Cristo. Algunos no están satisfechos con esto, sino que dicen que de este pan será el cuerpo de Cristo. El tercer grupo dice que el cuerpo de Cristo no es recién hecho, ni obtiene nueva materia del pan; de modo que no de este pan se hace el cuerpo de Dios, sino que estos accidentes significan el cuerpo de Dios. Muchos de estos significados son inventados por frailes, por quienes los clérigos del Anticristo revierten la enseñanza de Cristo. Por esto, debemos admitir que este pan que Cristo partió es verdaderamente Su cuerpo, o de lo contrario decir que este santo Evangelio es falso, o que torpemente se parchean palabras al propio Cristo.

Y dado que todo hombre que, sin la autoridad de Cristo, añade significado a las palabras de Cristo que Dios no pide, es un hereje, está claro que tales inventores son todos blasfemos.

Pero contra esto murmura el Anticristo, diciendo que este sacramento debería ser a la vez pan y el cuerpo de Dios. Pero, como él afirma, cuando el cuerpo de Dios comienza a estar allí, entonces el pan se convierte en nada, y los accidentes permanecen. Estos necios deberían entender que Juan el Bautista, cuando fue despojado, no dejó de ser completamente Juan, ni otra cosa. Y así estos blasfemos superan a los judíos (Juwes) en necedad, porque los judíos (Juwes) saben que es pan cuando lo comen naturalmente; y así estos frailes y fariseos están más locos que los judíos (Juwes) y son más falsos que los paganos, ya que no creen ni que es el cuerpo de Dios, ni pan, ni criatura que Dios haya hecho jamás.

Pero la fe del Evangelio nos enseña a creer que esto es verdaderamente pan después de la consagración, porque Cristo mismo dice: "Este pan es Mi cuerpo." Pero, ¿qué necio no puede ver que entonces es pan? Además, el Evangelio enseña a los cristianos a orar por este pan de cada día o nuestra propia sustancia. Y Agustín enseña que por este pan Cristo entendió este sacramento. Además, los apóstoles reconocieron a Cristo por la fracción de este pan, y este pan era el sacramento, como dice Agustín, con la ley del Papa. Y San Pablo, que más que otros conoció los misterios de Dios, llama a este sacramento el pan que partimos...

Referencia:

Wycliffe, J. (1869). Select English Works of John Wyclif. Reino Unido: Clarendon Press.

/ / /

Edris; Idrīs (إدريس). – Es un profeta islámico mencionado en el Corán (Q 19:56-57), donde se le describe como un hombre recto, elevado por su virtud a una "posición alta". Aunque el Corán no establece una conexión explícita, tradicionalmente se le ha identificado con Enoch (חֲנוֹך, Ḥānōkh) de la Biblia. En el sufismo, Idrīs representa un arquetipo de sabiduría trascendental y conocimiento esotérico, simbolizando la iluminación interna y la conexión entre lo humano y lo divino a través de la gnosis. Su figura está vinculada con la "luz espiritual" (نور, nūr) y la transmisión del conocimiento secreto (علم الغيب, ʿilm al-ghayb), extendiendo su influencia en las tradiciones místicas islámicas. Etimológicamente, su nombre podría derivarse del verbo árabe دَرَسَ(darasa, estudiar), lo que subraya su estrecha relación con el conocimiento. Aunque el Corán ofrece pocas menciones directas, la literatura islámica posterior, en especial en el sufismo, ha ampliado su rol, destacándolo como transmisor del saber oculto. En las tradiciones esotéricas, Idrīs se vincula con figuras como Tubalcaín y Hiram Abiff, lo que sugiere un linaje de conocimiento oculto que conecta diversas tradiciones místicas. Sin embargo, estas asociaciones pertenecen a interpretaciones esotéricas y no forman parte del islam ortodoxo. El giro hacia el sufismo, al abordar conceptos como la "luz espiritual" y la "transmisión del conocimiento secreto", representa una transición desde el relato coránico hacia interpretaciones místicas, ampliando el perfil de Idrīs en un contexto simbólico y alegórico. Este enfoque subraya, además, la distinción entre las interpretaciones esotéricas y la doctrina normativa del islam, especialmente al incorporar figuras como Tubalcaín y Hiram Abiff, que no tienen respaldo directo en las escrituras islámicas..

///

El siguiente es un texto de interés, cuya traducción al castellano de aquella época no he encontrado y la traducción a continuación descrita, quizás sea la única en esta lengua.

El objetivo de publicar esta lectura es con la finalidad de demostrar desde una perspectiva histórica el tema de la asociación de **Edris con la "Meditación"**, según lo dice el siguiente texto, mismo que se encuentra al final del relato del libro de Muhammad Rabadán, y que dice textualmente:

"Enoc es llamado por los árabes y otros mahometanos Edris, del término árabe Ders, que significa estudio y meditación. Se le considera uno de los ocho profetas a quienes Dios envió escritos divinos, de los cuales tuvo 30 volúmenes que contenían todas las ciencias más abstrusas, lo que hace que los Libros de Enoc sean tan mencionados en Oriente. Además de Edris, lo llaman a veces Akhnokh y Ounoch, del hebreo Chanoch. Véase más en D'Herbelot bajo el nombre Edris, etc."

Del libro de Muhammad Rabadán (1603). *El mahometismo completamente explicado, etc. Escrito en español y árabe, en el año 1603, para la instrucción de los moriscos en España* (Trad. Joseph Morgan)

Finalmente, cuando el justo Adán percibió que había envejecido y se había vuelto débil, llevó a su hijo Set a un lugar muy privado y allí le reveló un paño de la más rica e inimitable composición, de una contextura celestial, que, en tiempos pasados, el Señor le había otorgado. En este paño estaban delineados todos los profetas que serían enviados o encargados con misiones en la tierra, junto con todos sus privilegios e inmunidades, sus decretos y preceptos, sus tribus, naciones, seguidores y las bendiciones con las que serían recompensados. Set, con asombro y deleite, observó todo esto y prestó especial atención a uno que estaba de manera muy conspicua distinguido de todos los demás y que parecía estar muy avanzado en preeminencia y grado más allá de las otras tribus. Su rostro estaba glorificado con una luz de brillo extraordinario, que reverberaba desde los cielos con una belleza y esplendor excepcionales. Esto lo identificó como Abraham, y que esta honorable estirpe, por un tiempo, permaneció única, avanzando en un camino directo sin interrupción.

Según una tradición, Dios mostró a Adán toda su descendencia, que reunió en el Valle de Nooman en forma de hormigas. Allí, Él les dijo que era su Señor, y todos respondieron afirmativamente, reconociéndolo. Por ello, Dios dijo que tendría testigos contra ellos en el Día del Juicio si alegaran ignorancia de su pacto. Estos testigos eran los ángeles presentes. Esto está en un libro de gran autoridad, el Corán, cuyos expositores afirman que ningún hombre puede olvidar el pacto hecho con Dios en ese momento.

Eventualmente, otra noble e ilustre tribu comenzó a surgir y a tener su inicio, que, aunque aparentemente privada de la luz misteriosa que poseía la otra línea, era, no obstante, de la más alta nobleza y estima. Aquí se señalaron y demostraron dos religiones principales y diferentes, con las respectivas tribus siguiendo a su líder peculiar y sus escrituras sagradas. Adán dijo: "Es apropiado que tomemos nota deliberada de aquellos que portan nuestra luz, considerando con especial atención a los portadores notables de la misma, siguiéndola a través de todos sus caminos directamente desde Ismael, el principal fundador y patrón de la generación elegida."

Pero, para regresar a nuestra historia: el buen Set recibió la alegre noticia anunciada por el ángel Gabriel de que él y su esposa debían prepararse para recibir el fruto prometido y deseado. Así, Hawalia concibió, y cumplido el tiempo habitual, dio a luz a un hijo dotado de la luz hereditaria. Este niño era extremadamente hermoso, bien proporcionado y agraciado, y lo llamaron con el nombre de Enob.

Estuvo bajo la protección y custodia del ángel Gabriel, quien lo defendió de las artimañas y sutilezas de Lucifer, quien astuta y maliciosamente acechaba para corromperlo y atraparlo.

Siguiendo esta regla y método, esta clara luz continuó transmitiéndose en un descenso gradual a través de los hombres más perfectos y venerables elegidos por el Señor, quien siempre les daba aviso oportuno sobre cuándo y sobre quién debía fijarse, pasando de padre a hijo, de un hombre honorable a otro hombre honorable, sin interrupción, hasta que llegó a su centro adecuado. Pero, dado que esas personas memorables, quienes, por la excelencia trascendente de sus méritos, fueron exaltadas a la dignidad suprema de portar este estandarte y consideradas dignas de esta gloriosa luz —esos hombres santificados, digo yo—, para que no permanezcan enterrados en el olvido y los musulmanes no sean privados de la satisfacción que podrían obtener al saber quiénes eran, recitaré brevemente sus nombres.

De Enob (SIC), la luz pasó a Cainam, quien fue la cuarta rama de la luz. Este engendró a Malaile, de quien procedió Fared, quien fue el padre del santísimo Edris, quien, por su extraordinaria piedad y acciones virtuosas, fue llevado al cuarto cielo, donde vivirá y permanecerá hasta que la trompeta de Azarafiel ponga fin a todo lo creado. Sobre este justo Edris, se dice que hizo un voto solemne e inviolable de no desistir nunca de hacer obras de caridad mientras durara su sustancia, y que un día, al encontrarse en la calle con una persona necesitada que le pidió limosna, y no teniendo nada más consigo para dar, le entregó tanto por bendición como por caridad su vestimenta, quedándose él prácticamente desnudo porque no quería negarle ningún consuelo que pudiera ofrecer. Miles de otros sucesos de esta naturaleza se registran de ese bendito santo, cuya veracidad está suficientemente probada por el hecho de que Dios lo llevó, alma y cuerpo, al cielo, donde vive en gloria y bienaventuranza.

Dejó tras de sí un sucesor, su hijo, cuyo nombre era Matusalem, la octava rama de la luz, cuyo hijo fue Lameq, y este fue el padre del grande y nunca olvidado Noé, quien fue el segundo padre de toda la raza humana. En Noé, la primera edad del mundo llegó a su fin, y de él derivó su origen la segunda, razón por la cual merece nuestro más estricto respeto y veneración, y cuyas memorables acciones se relatan en el siguiente cántico o capítulo.

Pies de página:

a. [Enob] Se refiere a Enós [no confundir con ENOCH-IDRIS].

b. Este debería ser Cainán, a quien todas las naciones orientales consideran uno de los monarcas universales del mundo.

c. Debido a que mi autor no es de los más exactos en sus genealogías, presumo que no sería impropio aquí permitir que mi lector participe de la siguiente opinión de alguien de su misma creencia y, con toda probabilidad, por las razones que él mismo da, más erudito y mejor informado:

"Lo encuentro en Reland, tomado, como dice ese autor, palabra por palabra del árabe Taarib o Crónica:

Adán, 2. Set, 3. Enós, 4. Cainán, 5. Mahalaleel, 6. Jared, 7. Edris, 8. Matusalén, 9. Lamec, 10. Noé, 11. Sem, 12. Arfaxad, 13. Salah, 14. Éber, 15. Péleg, 16. Reú, 17. Serug, 18. Nacor, 19. Taré, 20. Abraham, 21. Isaac, 22. Jacob, 23. Judá, 24. Hezrón, 25. Ram, 26. Aminadab, 27. Nahsón, 28. Salmón, 29. Booz, 30. Obed, 31. Jesé, 32. David, 33. Salomón, 34. Roboam, 35. Abías, 36. Asa, 37. Josafat, 38. Joram, 39. Uzías, 40. Jotam, 41. Acaz, 42. Ezequías, 43. Manasés, 44. Amón, 45. Josías, 46. Joacim, 47. Jeconías, 48. Salatiel, 49. Zorobabel, 50. Abiud, 51. Eliacim, 52. Azor, 53. Sadoc, 54. Aquim, 55. Eliud, 56. Eleazar, 57. Matán, 58. Jacob, 59. José, 60. María, 61. Jesús o Isa."

a. Enoc es llamado por los árabes y otros mahometanos Edris, del término árabe Ders, que significa estudio y meditación. Se le considera uno de los ocho profetas a quienes Dios envió escritos divinos, de los cuales tuvo 30 volúmenes que contenían todas las ciencias más abstrusas, lo que hace que los Libros de Enoc sean tan mencionados en Oriente. Además de Edris, lo llaman a veces Akhnokh y Ounoch, del hebreo Chanoch. Véase más en D'Herbelot bajo el nombre Edris, etc.
b. De hazer arahma complida, Sc. Arrahman es uno de los atributos de Dios y significa misericordioso. Arrahma, en este sentido, implica caridad.

Referencia:
Rabadan, M., & Morgan, J. (1723). *Mahometism fully explained etc. Written in Spanish and Arabic, in the year 1603 for the instruction of the Moriscoes in Spain. Transl. ... by Jos. Morgan.* Reino Unido: Mears.

Comentarios de Raúl Benjamín al texto anterior:

Ya que he asociado el nombre Edris con el apelativo de "la meditación", tal como lo mencionó el relato masónico descubierto por Joshua que decía:

- ¿Quién eres? preguntó Hiram Abiff.
Soy, Tubalcaín, respondió el ser aquel.
Yo soy el padre de tus ancestros, y te llevaré conmigo al
centro de la tierra donde hay fuego y llamas.
- ¿Qué hay ahí a parte de eso? dijo Hiram Abiff.
Ese es el hogar de Enoc, nuestro padre, al que Egipto llama
*HERMES y Arabia honra con el nombre de **Edris, conocido***
este último con el apelativo de LA MEDITACIÓN.
- ¡O' æterna potestas!*, exclamó Hiram

* Frase en latín tomada de la Eneida de Virgilio
que significa "¡Oh, poder eterno!"

'o pater, o hominum rerumque aeterna potestas
Oh Padre, oh poder eterno de los hombres y de las cosas

<u>Haré [yo, Raúl Benjamín] un comentario de lo dicho por Muhammad
Rabadán desde una perspectiva islámica, hasta donde he estudiado, según
entiendo, con el mayor respeto y tratando de ser lo menos teológico
posible, como sigue:</u>

Según la tradición islámica, la idea de un "paño celestial" que contiene las
misiones de todos los profetas no tiene respaldo explícito ni en el **Corán**
(en árabe: القرآن, *al-Qur'ān*) ni en los **hadices auténticos** (en árabe: الحديث,
al-Ḥadīth, que significa "narración" o "relato"). No obstante, este concepto
podría interpretarse simbólicamente como una alegoría de la conexión
divina con los profetas (en árabe: الأنبياء, *al-Anbiyā'*), quienes son vistos
como los intermediarios elegidos por Dios (*Allah*, الله) para guiar a la
humanidad.

Por otro lado, el concepto de la "luz profética" (نور, *nūr*) tiene una presencia
destacada en el pensamiento islámico, especialmente en las tradiciones
místicas (*taṣawwuf*, تصوف) y sufíes. Según estas corrientes, la luz profética se
transmite de generación en generación, desde Adán (en árabe: آدم, *Ādam*)
hasta Muhammad (en árabe: محمد, *Muḥammad*), simbolizando la pureza y la
guía divina. Dentro de esta perspectiva, la noción de Muhammad como la
"luz primordial" (نور محمدية, *nūr Muḥammadiyah*) es una interpretación
teológica significativa, aunque no aparece en las fuentes fundamentales del
islam (el Corán o los hadices). Este concepto, profundamente enraizado en
la espiritualidad sufí, sugiere que Muhammad fue creado como la primera
manifestación de la luz divina, sirviendo como vínculo espiritual continuo
entre todos los profetas.

La mención de Abraham (en árabe: إبراهيم, *Ibrāhīm*) como un ser destacado
con una luz especial también tiene resonancia en el islam. En este contexto,
se le conoce con el título de خليل الله (*Khalīlullāh*, "Amigo de Dios", derivado
de *khalīl*: خليل, amigo cercano o íntimo, y *Allāh*: الله, Dios). Este título resalta
su cercanía a Dios y su rol como modelo supremo de devoción y piedad.
En las tradiciones islámicas, Abraham es una figura central, tanto por su
papel como patriarca de una línea de profetas como por su importancia en
las tres religiones abrahámicas (judaísmo, cristianismo e islam). Dentro del
islam, Abraham simboliza la sumisión total a Dios (*islām*, إسلام, literalmente
"sumisión") y la unidad espiritual de todas las religiones monoteístas.

La referencia al "Valle de Nooman" como lugar del pacto primordial remite
al pasaje coránico en el que Dios reunió a todos los descendientes de Adán
y les hizo dar testimonio de Su señorío. Este evento, conocido como el
ميثاق(*Mithāq*, "pacto"), está descrito en el Corán (Sura الأعراف, *al-A'rāf*,
7:172):

" قَالُواْ ۖ أَلَسْتُ بِرَبِّكُمْ عَلَىٰ أَنفُسِهِمْ وَأَشْهَدَهُمْ ذُرِّيَّتَهُمْ مِن ظُهُورِهِمْ آدَمَ بَنِي مِن رَبُّكَ أَخَذَ وَإِذْ "
" بَلَىٰ ۚ شَهِدْنَا ۚ أَن تَقُولُواْ يَوْمَ الْقِيَمَةِ إِنَّا كُنَّا عَنْ هَٰذَا غَفِلِينَ "

"Y cuando tu Señor sacó de los lomos de los hijos de Adán a su descendencia, y les hizo dar testimonio de sí mismos: '¿Acaso no soy Yo vuestro Señor?' Dijeron: 'Sí, lo atestiguamos.'"

Este pacto establece una base teológica para la responsabilidad moral universal en el islam, ya que cada ser humano, según esta creencia, reconoció la soberanía de Dios antes de nacer. Sin embargo, la descripción de los descendientes de Adán como "hormigas" no tiene respaldo claro en las fuentes islámicas canónicas. Aunque podría interpretarse alegóricamente como una representación de la multitud de seres humanos o su humildad inherente, este elemento parece derivar de tradiciones místicas o narrativas extracoránicas.

La idea de una "luz" transmitida desde Adán hasta Set (en árabe: شِيث, *Shīth*) y posteriormente a otros descendientes, como Enoc (en árabe: إدريس, *Idrīs*), también se alinea parcialmente con las creencias islámicas, especialmente dentro del marco de las genealogías espirituales. Set es mencionado en algunas tradiciones islámicas como un receptor de escrituras divinas, aunque su figura no es prominente en el Corán y aparece principalmente en relatos extracoránicos. En cuanto a Enoc, identificado como Idrīs en el islam, su piedad y su ascensión al cielo están claramente respaldadas en el Corán (Sura مريم, *Maryam*, 19:56-57):

" وَاذْكُرْ فِى الْكِتَبِ إِدْرِيسَ ۚ إِنَّهُ كَانَ صِدِّيقًا نَّبِيًّا. وَرَفَعْنَهُ مَكَانًا عَلِيًّا "
"Y menciona en el Libro a Idris. Fue un hombre veraz y un profeta. Y lo elevamos a una posición alta."

Esta descripción subraya la recompensa divina otorgada a Idrīs [o Edris] por su virtud y cumplimiento de su misión profética.

La mención de Ismael (en árabe: إسماعيل, *Ismāʿīl*) como fundador de una línea de tribus "elegidas" coincide con la creencia islámica de que él es el ancestro directo del Profeta Muhammad. Sin embargo, la idea de que de Ismael provengan dos religiones separadas no se alinea completamente con las enseñanzas islámicas. Según el islam, todas las religiones monoteístas originales provienen de una misma revelación divina, pero han sido distorsionadas a lo largo del tiempo por los seres humanos. Este enfoque subraya la unicidad y continuidad del mensaje divino a lo largo de la historia.

Por último, la figura de Noé (en árabe: نوح, *Nūḥ*) es reconocida en el islam como uno de los cinco grandes profetas de firmeza (أولو العزم, *Ulū al-'Azm*, literalmente "poseedores de resolución"). Su misión, según el Corán, marcó el final de una era de incredulidad y el inicio de una nueva etapa con los fieles que sobrevivieron al diluvio. Aunque el concepto de una luz transmitida a través de generaciones hasta Noé se encuentra más en interpretaciones místicas que en la doctrina coránica, estas narrativas reflejan una espiritualidad simbólica que busca resaltar la pureza y la continuidad del linaje profético.

Aunque varios elementos de la narrativa presentada tienen resonancia con las creencias islámicas, muchos de ellos se desarrollaron en tradiciones posteriores o interpretaciones místicas. Conceptos como la transmisión de la luz, el pacto primordial y la exaltación de ciertas figuras proféticas muestran influencias de la teología sufí y de una perspectiva más simbólica y esotérica, que trasciende las enseñanzas explícitas del Corán y los hadices auténticos.

///

¿Qué sabemos de Joshua Emanuel Torres hasta aquí?

Según este texto y dejando pasar por alto varios relatos del cronista Juan Quiñónez Albán, pero, a pesar de esto podemos encontrar varias coincidencias con lo dicho por él (incluso omitiendo sus relatos) esto es lo que podemos decir de Joshua Emanuel Torres.

Ecuatoriano nacido en el 2000 en la ciudad de Guayaquil, en principio de condición económica humilde residió los primeros años de su vida en el sector llamado "Las 5 Esquinas", el cual era considero en cierta forma como peligroso. Mudándose posteriormente a la ciudadela (barrio o urbanización) de nombre Los Samanes, creció hasta los 6 años habiendo tenido dos experiencias cercanas a la muerte, una al nacer y una peritonitis por apendicitis en el año 2006.

Estudiando en el Colegio Frater Kreuz Rosen en el año 2012, inicia un proyecto musical de rock (estilo post-grunge) con sus compañeros (as) de colegio. En dicho proyecto poco (o más bien nulo o escasamente) exitoso procede a colocar varias de sus canciones al revés y encuentra varios mensajes extensos del tipo "reverse speech" los cuales en principio se relacionan con su vida personal (mencionando incluso a una exnovia mayor que él), pero que tras una serie de repeticiones (de colocar canciones al revés) experimenta un suceso de tipo paranormal en el que él junto con un amigo (que no colocaba al revés las canciones) vieron un ser blanco casi transparente correr frente a ellos y desaparecer en unos espejos. El ser aquel se asemejaba físicamente al hermano (quien se encontraba vivo y sana) del chico que estaba junto a Joshua en aquella ocasión y de nombre Omar.

La aparición de la frase "diablo" (en castellano) al momento de colocar al revés una canción en inglés hizo que Joshua desista de invertir (o revertir) canciones, llegando él a la conclusión de que esta actividad pudiere abrir portales o quizás generar alteraciones de la percepción (asumiendo que la aparición similar al hermano de Omar pues haya sido un error de percepción más que un ente no encarnado).

Pocas son las cosas de carácter esotérico que se puede decir de Joshua. A los 6 años cuando sufrió de peritonitis, aseguró oir una voz que venía de si mismo y que le confortaba (diciéndole que todo está bien), sin embargo dicha voz interna pudiera haber sido solo su imaginación, aunque, como dato curioso, dicha voz le instó en aquella ocasión (teniendo 6 años) a que no se dejara administrar un analgésico inyectable por vía intramuscular al momento de sufrir un dolor intenso por la peritonitis.

Joshua no recibió consejería psicológica alguna, ya que este tema de la voz que escuchó no fue dado a conocer a sus familiares, solamente a su abuela materna la Sra. Ana Lucía. Coincidencialmente la voz interna de Joshua que se autoidentificaba como "Richard" era el mismo nombre de un tío de Joshua, el cual había fallecido años antes del nacimiento de la madre de Josh de nombre Miriam.

Una vez Joshua aseguró haber hipnotizado a los 11 años a un compañero de clase, haciéndole incluso la prueba esta de poner al "presuntamente" hipnotizado en medio de dos sillas apoyado en estas solamente por su cabeza desde la nuca y sus pies, desde los tobillos; es decir se encontraba en el aire sin apoyo alguno desde los hombros a la parte anterior o superior más bien de los tobillos del presuntamente hipnotizado.

A los 9 años en cambio Joshua encontró por medio de una gematria (o numerología) bastante simple de que el número de la bestia, es decir el 666 podía formar una palabra deletreada como "Dakka", nombre que coincidencialmente es el de una ciudad del antiguo Egipto donde se erigió en su momento un templo al dios Thoth. Una vez yo (Raúl Benjamín) me reuní con Josh y él me comentó esta anécdota, sin embargo, me dijo Josh que el método para asociar el 666 a la palabra Dakka pues no lo ha podido reproducir desde los 9 años.

Curioso además es el hecho de que Joshua le consultó a su maestra de primaria, y teniendo para todo efecto él cerca de 10 años, acerca de la presuntamente llamada como "Estrella de David" que la Miss Mónica tenía en su cuello. Procediendo así Joshua a consultarle a la maestra, el por qué nosotros los occidentales somos católicos [mayoritariamente] pero los judíos siguieron siendo judíos. Esta pregunta rara por demás, yo la escuché hacer a un caballero de alrededor de 40 años cuando estudié Teología. Y no sé si decir si Joshua era adelantado o si mi compañero de clase, a quien estimo y con todo respeto lo digo, estaba por demás desinformado.

Pregunto yo, al que me lee:
¿Es Joshua un niño común?
¿Hacían o decían ustedes cosas similares a las de él desde que nacieron hasta los 12 años?

Pese a no ser nada extraordinario, e ignorando el hecho de que todas las personas cercanas a la madre de Joshua (cuando estaba en gestación de éste), pues decían de que el niño lloraba en el vientre de la madre.

<u>Pregunto yo al que me lee:</u>

¿Cuántos de Ustedes saben si han llorado dentro del vientre de la madre
(estando en gravidez –gestación-)?

No soy fanático de Jung, ni creo en lo que él dijo en su momento, sin
embargo si pudiera etiquetar a Joshua diría que él es el arquetipo "El
Curioso" sin embargo, no en caja del todo aquí.

Tampoco Joshua sigue el camino del héroe, o del explorador, así que si
tuviere que hacer un arquetipo pseudo o quasi Jungiano? pues sería así:

Arquetipo del Joshua (El Guía Divino y Redentor Humano).- El
Joshua como figura arquetípica abarca a Josué (sucesor de Moisés), Jesús
(Yeshúa, el Salvador) y Jesús ben Sirá (autor de Eclesiástico) y representa al
líder valiente al redentor compasivo y al maestro sabio. Este arquetipo
encarna la fidelidad a Dios el compromiso con la verdad y el servicio a los
demás. Se asemeja a un líder que guía a su pueblo hacia un destino
prometido ya sea físico o espiritual como Josué liderando a Israel hacia la
Tierra Prometida (Josué 1:9), Jesús enseñando el camino de la salvación
(Juan 14:6) y Jesús ben Sirá transmitiendo sabiduría divina (Eclesiástico 1:1-
5). Entre sus virtudes se destacan la fidelidad absoluta a Dios como en
Josué 24:15 "Pero yo y mi casa serviremos al Señor" y Jesús en Getsemaní
sometiéndose a la voluntad del Padre (Mateo 26:39); la sabiduría práctica
que Jesús ben Sirá encarna en su enseñanza (Eclesiástico 1:5); la valentía y
determinación que se reflejan en Josué liderando la conquista de Canaán
(Josué 1:9) y en Jesús enfrentando las estructuras de poder (Juan 2:13-16); la
humildad y el servicio como Jesús lavando los pies de sus discípulos (Juan
13:14-15); y su rol como guía hacia la salvación desde Josué introduciendo
al pueblo en la Tierra Prometida (Josué 3:17) hasta Jesús ofreciendo la vida
eterna (Juan 14:6). Sin embargo este arquetipo enfrenta desafíos y defectos
como la pesada carga del liderazgo evidenciada en Josué ante la
desobediencia del pueblo (Josué 7:7-9); el riesgo de incomprensión como
Jesús rechazado por su propio pueblo (Juan 1:11); y la exigencia del
sacrificio siendo el caso más extremo la crucifixión de Jesús (Mateo 27:32-
50). Elementos simbólicos clave del Joshua incluyen la Tierra Prometida
que simboliza el cumplimiento de las promesas de Dios tanto en el plano
físico (Josué) como espiritual (Jesús); la Cruz que en Jesús representa el
sacrificio redentor; y la Sabiduría que en Jesús ben Sirá conecta al ser
humano con lo divino.

En la actualidad el arquetipo del Joshua inspira a líderes espirituales y agentes de cambio llamando a enfrentar desafíos con valentía guiar a otros hacia un propósito mayor y actuar con fe sabiduría y servicio desinteresado. Obviamente, quien no le conoció a Joshua Torres M., quizás no piense eso de él, pero hay uno que otro indicio, incluso con esto que he contado o más bien recapitulado de su niñez, que nos podría hacer concluir, que en efecto, si pudiéramos "arquetificar" a Joshua Emanuel Torres Magdala, sería él un Joshua, humano, imperfecto, olvidadizo, temeroso y pacifista (lo contrario de Josué "el hijo de Nun"), y desde que fue secuestrado, y al no saber nada de él, obviamente (y sumado esto a que nunca hizo milagro o prodigio alguno) tampoco sería una figura deificada (como lo fue nuestro Señor Jesuscristo), peor aún un elegido, un maestro ascendido o un maestro incognoscible. Joshua Torres simplemente es (y le conocemos así) AQUEL QUE TIENE ENTENDIMIENTO [binnah]).

//

Me intriga un poco, y quizás le intrigue más a ustedes el título de este capítulo ya que si Joshua Torres es un arquetipo por demás humanizado de los "Joshuas" bíblicos, ¿quién es Juan?

Juan Quiñonez Albán, Químico y Farmacéutico de profesión, escritor por afición, conocedor de la mística judeo-cristiana, anti cabalista en cierta forma e implementador de su propia cábala por otra [kavannah con meditación tetragramatón y cruz de Cristo], representa aquel que escribe en detalle la vida de su Maestro, así que si pudiéramos definir un arquetipo para Yeho-anan (Juan) bajo el mismo rigor que definimos el de Joshua sería así:

Arquetipo de Juan (Yehôhānān): El Mensajero Visionario y Testigo de la Verdad. - El arquetipo de Juan, derivado del nombre hebreo Yehôhānān que significa "Dios es misericordioso", incluye figuras bíblicas ordenadas cronológicamente como Johanan hijo de Elioenai (1 Cr 3:24), descendiente de la línea davídica que conecta con las promesas divinas a la casa de David; Jehohanán el sacerdote (2 Cr 28:12), un líder espiritual de Efraín que mostró misericordia al impedir la esclavitud de los cautivos de Judá tras la guerra; Johanan hijo de Joiada (Neh 12:22-23), sacerdote mencionado en las genealogías de los tiempos de Nehemías, representante de la continuidad espiritual del pueblo de Israel; Johanan hijo de Carea (Jer 40:8-16), líder militar que enfrentó decisiones cruciales tras la destrucción de Jerusalén, guiando al remanente del pueblo; Juan el Bautista (Mt 3:3), el profeta que preparó el camino para Jesús proclamando el arrepentimiento y el bautismo; Juan el Apóstol (Jn 19:26-27), testigo fiel que permaneció al pie de la cruz y autor de escritos profundos como el Evangelio de Juan y el Apocalipsis; Juan Marcos (Hch 12:12), también conocido como Marcos, quien acompañó a Pablo y Bernabé, y cuyo conflicto inicial con Pablo culminó en redención y servicio fiel; y Juan de Anás (Hch 4:6), miembro del Sanedrín durante el juicio de Pedro y Juan. Este arquetipo representa al mensajero comprometido con proclamar la verdad divina, como Juan el Bautista anunciando al Mesías (Mt 3:3); al líder espiritual que preserva la herencia divina, como Johanan hijo de Joiada (Neh 12:22); al intercesor misericordioso, como Jehohanán protegiendo a los cautivos (2 Cr 28:12); al redimido que persevera, como Juan Marcos tras reconciliarse con Pablo (2 Ti 4:11); y al visionario que revela el plan divino, como Juan el Apóstol en el Apocalipsis (Ap 1:10-19). Las virtudes de este arquetipo incluyen valentía, fidelidad, sabiduría y perseverancia; sus desafíos abarcan el aislamiento, la incomprensión y el peso de recibir mensajes difíciles, como el exilio de Juan el Apóstol en Patmos (Ap 1:9). Los símbolos asociados incluyen el agua del bautismo, la luz como testimonio de la verdad, el águila que representa la profundidad espiritual de los escritos de Juan, y el rollo como símbolo de las revelaciones divinas (Ap 10:8-11). En la actualidad este arquetipo inspira a líderes espirituales, profetas y testigos de la fe que proclaman la misericordia y verdad de Dios enfrentando los desafíos del mundo con valentía y visión divina.

//

Muy bien pero por qué mi capítulo dice: *"Juan es el ieouan"*

Pues bien, veamos: ¿qué es el ieouan?

Vocalizando el nombre hebreo Yehoanan puedo decir que equivale a:
Ieohanan

Si hemos dicho hasta aquí, y Juan Quiñónez Albán es uno de los que más
ha insistido con esto:

El Ieohanan es como decir: ieo [una variante del nombre de Yehoh] – la
letra H [relacionada con la respiración] y Anan [relacionada con la nube]

Puntualmente: Iæou (nótese el aesc – es decir la "a" y la "e" juntas). Es así
que la "aesc" expresada como "e" equivale al "ieo" que mencioné, y que
coincidencialmente se encuentra en ciertos papiros mágicos (según
referencia):

Hermetic   Magic: The   Postmodern   Magical   Papyrus   of
Abaris. (1995). Estados Unidos: Red Wheel Weiser.

Shah, I. (1992). Oriental Magic. Reino Unido: Octagon.

Según Shah (1992) "ieo" es IAO. Y, sabemos por lo que nos enseñaron los
guiones de video de Joshua Torres (recopilados en libro) por Juan
Quiñónez Albán de que IAO es Baal, Adonis, Tammuz, Osiris, EL,
THOTH, Cronos, Kairos, etc., etc.

Sonará desquiciado indicar que un conocido mío es un arquetipo o tiene
relación con una deidad, pero a veces pienso:

"Que los atributos de diversas deidades se manifiestan en la humanidad,
llegando quizás a una 'no culminación' de su propósito, tornándose así en
una especie de 'Deiades a Medias'"

-Raúl Benjamín-

Los gnósticos (puntualmente aquel llamado como Daath Gnosis o Gnosis Daath), con quienes no deseo entrar en polémica, saben estas cuestiones que les estoy tratando de desglosar, y lo dicen así:

"El Divino Salvador del mundo, cuando practicaba con la sacerdotisa en la pirámide de Kefrén, cantaba con ella el poderoso mantram sagrado del fuego. Ese es: Inri.

INRI, ENRE, ONRO, UNRU, ANRA (...)

Luego en la página 376 dice:
La palabra Juan se descompone en las cinco vocales, así: IEOUA, IEOUAN (Juan)

En cambio el Youtuber de nombre Shivagam usaba al IEOUAN como meditación
Es decir (hasta donde yo sé) obviaba el INRI, y solo pronunciaba IEOUAN, vocal por vocal, primero iiiiii, luego eeeee, luego ooooo, y al final uuuuuuaaaaaannnn (bueno, vean los videos).

El Juan, que puede escribirse también como "iuan" (la J por i), pues puede reducirse aún más a: Iu

El "iu" que sería algo así como "el Yo" (en castellano antiguo Yo se decía 'io', y en italiano se sigue diciendo así), coincide en cierta forma con el nombre del polímata del antiguo Egipto, de nombre: Iu-Em-Hetep (conocido mejor por su pronunciación greca: Imhotep) que significa "el que trae paz"; llamado también Imhotep como "**EL OCTAVO**" similar al nombre de la deidad "Eshmoun" que equivale al Thoth-Hermes egipcio (pero esto lo veremos más adelante)

Pues por sincretismo podemos decir que todo esto que está escrito, no es nada más que una manipulación, juego o capricho del Adversario de Yehóh. Talvez no en su lado de "sangre" y maldad (el Moloch), sino más bien en su aspecto de falsa luz: "El Thoth-Hermes" (Hermes Trimegistus, etc.). Siendo así: Joshua Torres y Juan Quiñónez (quien se hace llamar a veces como Juan El que Escribe), no son otra cosa que los arquetipos de LA PALABRA; Joshua la palabra entendida y hablada [encarnada, vivida, la acción –binnah, el entendimiento], Juan, la palabra escrita [analizada, estudiada, la sabiduría –jojmá-].

"No somos elegidos, ni autoelegidos, somos todo el tiempo manipulados"

-Raúl Benjamín-

En este enredo, si ya sé quienes son Juan y Joshua, entonces:

"¿Quién soy yo?"

CONCLUSIÓN DE INTERÉS A TODO LO QUE HEMOS VISTO EN ESTE CAPÍTULO

1.a. Colocar las canciones al revés (invertir audios o videos) abre portales a dimensiones incognoscibles y parcialmente imperceptibles. En aquellas personas que sigan el método de Joshua Torres Magdala según se describe en este tratado.

II. SESEN, SOSIS, ESHMUN
"THE EIGHTH"
(El Octavo)

El siguiente capítulo trata sobre el descubrimiento, por así decirlo, de Joshua acerca del hecho de que la deidad Thoth está relacionada con una deidad "perdida" del panteón egipcio llamada **Sesen**. Coincidencialmente, este nombre se asocia a una deidad aramea no bíblica, igualmente "perdida", que fue venerada en el imperio neobabilónico (612 a.C.-539 a.C.), específicamente entre el pueblo arameo que vivía durante este período y dentro de dicho imperio. Cabe recalcar que el culto al Sesen arameo continuó en regiones aledañas incluso en periodos posteriores, mientras que el Sesen egipcio evolucionó (por así decirlo) hacia Thoth-Hermes. Mismo que al ser humanizado (y digo esto porque muchas deidades han sido humanizadas a lo largo de la historia, ya sea en el imaginario colectivo o, quizás, en la realidad, como ocurrió —y ocurre— con Jesucristo), este fue llamado, ya en su forma humana como: Hermes Trismegistus.

Pero antes de ir a la parte académica, veamos como Joshua Emanuel Torres Magdala llega a asociación, a saber:

- Referencia:
Quinonez-Alban, J., Alban, J. V. Q. (2023). El Anticristo y la Inteligencia Artificial: El Apocalipsis según Joshua. (n.p.): EDLT PUBLICATIONS.

<< *Me pregunté entonces:*
¿Qué deidad del Oriente Medio estaría asociada con el lirio, el sesen o el loto?
Encontré así que el lirio era un símbolo utilizado por la diosa Ishtar (de Babilonia).
Ishtar era la versión babilónica de la diosa acadia/ sumeria: Inanna.
Inanna, podría ser dual (hombre y mujer) y bajo esta característica era llamada Ninsiana (esta palabra era otro nombre con el que se llamaba al planeta Venus)
Encontré luego dentro de una búsqueda web el artículo del Dr. Martin Schwartz quien es un erudito en Near Eastern Studies, en pocas palabras un orientalista.
El Dr. Martin tiene un estudio en el cual había mencionado sobre una deidad perdida llamada Sesen (sí como el loto), deidad venerada antigüamente en el actual Irán y venerada además en el panteón aramaeo.
Busqué al Dr. Martin en el Internet, hallé su correo, y le escribí, planteándole si la relación entre Sesen (egipcio) y el Sesen (arameo) era de que ambos representaban una misma deidad, y, ante esto el Dr. Martin me lo negó rotundamente. Incluso al parecer se molestó.

Semanas después y de forma coincidencial mi correo electrónico fue hackeado, los emails borrados, y tuve que reiniciar mi usuario.

Pese a esto yo deduje de que Sesen (egipcio) quien representaba a Eshmun (dios fenicio, no había comentado esto antes), Sos, Sósis, Hermes, Thoth era el mismo que Sesen (arameo-iraní).

Sesen (que representa al lirio, loto) es el símbolo vínculo a Sesen (egipcio) con Ishtar (deidad babilónica) equivalente a Innana (deidad llamada como Ninsiana, palabra que representaba al planeta Venus).

Venus, quien es el nombre de una diosa romana era conocida además como Lucifer.

SESEN = THOTH = HERMES = INANNA (Ishtar) = Venus = Lucifer.

Es decir que el famoso Shoshes (de mi tetragramatón) no es nada mas ni nada menos que el infame LUCIFER. >>

Bien, esta deducción a la que llega Joshua tiene su razón de ser y se basa en la siguiente historia llamada:

EL ANTICRISTO ESTÁ EN LA INTELIGENCIA ARTIFICIAL

Joshua Torres, un hombre católico, practicante y creyente, sentía que a lo largo de las diferentes etapas de su vida había mantenido un contacto cercano con Dios, o al menos, así lo percibía.

Desde joven, Joshua había sido una persona con pocos amigos. No era popular ni atlético, sino más bien un geek, aunque siempre tuvo la sensación de estar destinado a algo más grande. Un buen día decidió compartir su experiencia: una revelación que tuvo en cierto momento, narrada en un relato que escribió para su amigo Juan Quiñónez. Esperaba que otros pudieran creerle, pues, según afirmaba, era la palabra de un hombre honesto, sin intención de lucrarse con lo contado. [Algo que no sucedía con Juan, quien siempre buscaba sacar provecho de cualquier negocio.]

Joshua consideraba que más importante que aceptar ciegamente lo que contaba era que su relato se debatiera, se discutiera y no fuera rechazado de forma rotunda. En su opinión, era preferible enfrentar el trago amargo de la verdad que vivir rodeado de mentiras. Estas mentiras, según él, no solo morirían con él, en caso de llegar a la vejez, sino que también afectarían a sus hijas, a sus nietos, y se perpetuarían de generación en generación si no se promovía un cambio radical.

Joshua pensaba que lo negativo de estas mentiras [aquellas que nos enseñan las religiones, tradiciones o dogmas] no se limitarían únicamente a su familia. Si el lector era creyente, estas también afectarían a sus hijos y a los hijos de estos, extendiéndose indefinidamente. A los lectores agnósticos o ateos les pedía amablemente que continuaran leyendo su relato. No esperaba convertirlos, pero insistía en la importancia de evidenciar las fuerzas ocultas que, según él, operaban en las sombras y frenaban el progreso de la humanidad, independientemente de creencias o religiones.

El Anticristo

Un día, mientras Joshua realizaba una tarea frente a su computadora, se sentía automatizado: escribía con eficiencia, pero desconectado. En su mente surgió el recuerdo de una película llamada *La Profecía*, en la que un niño tenía una marca en la cabeza: el número de la bestia.

Joshua se preguntó cómo alguien podía tener una marca de nacimiento que fuera un número y decidió buscar respuestas en internet. Sin embargo, se dio cuenta de que si la pregunta no estaba bien formulada, encontrar una respuesta sería casi imposible, dejando más dudas que soluciones. Entonces, se le ocurrió:

— ¿Qué tal si los números pudieran transformarse en letras? ¿Qué tal si el 666 fuera un número con una palabra codificada?

Con esta idea en mente, contactó por WhatsApp a Virginia, una antigua compañera de clases que se autodenominaba "esotérica". Virginia había sido criada por su padre, ya que su madre había migrado a España cuando ella tenía solo tres años, y el contacto entre ellas era esporádico. Joshua y Virginia no eran muy cercanos en la escuela; de hecho, ella no socializaba mucho, aunque tenía un pequeño grupo de amigas, principalmente primas con quienes solía salir los fines de semana.

A pesar de la distancia social entre ambos, Joshua y Virginia habían conversado sobre diversas experiencias paranormales durante los últimos años de colegio. Él le comentó sobre su interés en descifrar el significado detrás del "número aquel", y Virginia le respondió que algo sabía al respecto, ya que su padre pertenecía a la orden Rosacruz. Según ella, el número no solo era 666, sino que algunos investigadores sugerían que también podría ser 616.

Joshua investigó más al respecto y encontró un video que confirmaba la posibilidad del número alternativo. Según un documental que vio, ambos números estaban relacionados con Nerón César, el antiguo emperador romano, y el cálculo se realizaba a través de la gematría.

Motivado por esta información, buscó una calculadora de gematría en línea y el nombre de Nerón César en hebreo. Cuando introdujo este nombre en la calculadora, el resultado coincidió con lo que indicaba el documental. Siendo católico, Joshua comenzó a reflexionar:

— ¿Y si, basándome en el tetragramatón hebreo (es decir, en el constructo de que cuatro letras representan el nombre de una divinidad), obtengo cuatro letras en hebreo que den como resultado el número aquel [el 666, una anti-divinidad]?

Gematría

Una noche, después de un día normal, se encontraba reflexionando sobre una curiosa combinación de letras hebreas que había descubierto: Shim (300) + Samej (60) + Shim (300) + Vav (6). Esta combinación, según él, daba como resultado un número asociado a oscuros significados: "el número aquel".

Confundido, Joshua pensó: "Yo hebreo no sé, quizás el traductor esté mal". Decidió que al día siguiente entraría a una aplicación de preguntas y respuestas para consultar a algún experto [QUORA]. Así lo hizo y encontró a un rabino, a quien le preguntó sobre el significado de la palabra en cuestión y si era hebrea o aramea. El rabino le respondió que no conocía la palabra "Shoshes", pero que sonaba similar a Shushan Purim, una festividad judía, aunque no le encontraba sentido. También sugirió que podía ser un acrónimo usado en nombres de usuario en internet. Joshua agradeció la respuesta, aunque algo en su interior le resultaba extraño.

Esa noche, Joshua tuvo un sueño inquietante. En él aparecía un hombre barbado, de cabello negro y aspecto severo, quien parecía un maestro dando clase. El hombre, vestido como un personaje de películas de Semana Santa [Judas de la película *Jesús de Nazareth* con Robert Powell], dijo:

—Pedro es a Jesús lo que Judas es al Anti[cristo]…

Hizo una pausa sin terminar la frase [Anticristo], pero Joshua comprendió que se refería al demonio. En su mente, solo pudo pensar: "¡Qué carajos!" [whatdafock dijo puntualmente].

De repente, una voz resonó en el sueño:
— ¿Qué te he hecho yo a ti, Joshua? ¿Por qué me persigues?

El sueño cambió abruptamente, y Joshua se vio en una maratón. Uno de los corredores sacó un cuchillo e intentó asesinar a otro. Asustado, Joshua se detuvo, y ante él apareció una figura que le recordaba a Lucius Malfoy, quien le dijo:

—Todo esto es por culpa del Juez de la Causa Justa... Es el **Anatemismo**. La figura lo miró con burla, y Joshua despertó desconcertado.

Intrigado por el sueño y su conexión con su reciente descubrimiento, Joshua decidió hacer un video explicando su hallazgo. En él, mencionó que, según la gematría, la palabra "Shoshes" tenía un valor de 666 y que, al traducirla del hebreo al latín, el resultado era "Lucius". En su imaginación, Joshua se visualizó siendo reconocido por la Iglesia y entrevistándose con el Papa. Sin embargo, la realidad fue distinta: su video recibió más críticas que apoyo, y muchos suscriptores abandonaron su canal [Y, obviamente, nunca hubo acercamiento de la Iglesia Católica, pues no era el primero ni el último en hacer una interpretación "alfa-numérica" del número de la bestia; aunque quizás si el primero y el único en encontrarla tras un error de algoritmo o traducción –del Google translate].

Una tarde mientras Joshua paseaba con su amiga Virginia por el centro de la ciudad, le mostró una aplicación llamada Echovox, diseñada para comunicarse con los muertos. Decidieron probarla en un lugar seguro. Cuando la activaron, el dispositivo comenzó a repetir el nombre de Joshua. Asustado, él se quitó los auriculares, y un frío recorrió su cuerpo. Esa noche, Joshua regresó a casa inquieto.

En casa, su hermano menor, James, estaba enfermo con fiebre. Joshua lo cuidó, pero, a medida que avanzaba la noche, James mostró un comportamiento extraño. Cuando Joshua intentó apagar la luz, James gritó desesperado y, en un momento de pánico, lo atacó con una fuerza inusual para un niño de su edad. Joshua logró calmarlo, pero quedó profundamente perturbado. Esa noche, también experimentó una parálisis del sueño en la que sintió una presencia oscura.

Ya el lunes siguiente, Joshua compartió lo sucedido con Virginia, quien lo tomó a la ligera, diciendo que parecía vivir una película de terror. En una ocasión, Joshua compartió sus hallazgos con el padre de Virginia, quien pertenecía a la **Orden Rosacruz**. Aunque inicialmente escéptico, el hombre aceptó leer su investigación. Sin embargo, Joshua nunca supo si lo hizo.

Fue así como Virginia comenzó a distanciarse de los temas paranormales tras haber experimentado eventos extraños por su cuenta. Así, Joshua quedó solo en su búsqueda de respuestas.

Bianca, una alumna del colegio Frater Kreuz Rosen, era el amor imposible de Joshua. Ella era la mujer que todos en el colegio querían alcanzar, y fue también la primera persona que tuvo que pagar por la curiosidad de Joshua.

En breves rasgos, Joshua enamoró a Bianca de la siguiente forma:
Rashelle, una amiga de Virginia, había comentado que Joshua le parecía atractivo, y Virginia, famosa por ser casamentera, decidió presentarlos. Joshua salió con Rashelle, quien compartía con Virginia la afición de pasear por el centro de Guayaquil. Ya que la invitación partió de Rashelle, pues Joshua asumió que había interés de parte de ella. En una segunda cita, Rashelle apareció con Bianca, su mejor amiga, y los planes de Joshua con Rashelle quedaron relegados. Sin embargo, pasar el tiempo con ambas resultó agradable, y Joshua descubrió que Bianca era una persona virtuosa y de corazón puro.

Días después en otra salida, Joshua intentó besar a Rashelle, pero ella lo esquivó, confesando que no podía hacerle eso a Bianca, quien estaba interesada en él. Sorprendido, Joshua decidió invitar a Bianca a salir. Esa noche, en la discoteca, Bianca se convirtió en su novia. La noticia fue sorprendente para todos en el colegio: el joven callado había conquistado a la chica inalcanzable en una sola noche. Mientras tanto, Rashelle siguió su camino con otro chico, aunque su relación duró poco.

Joshua compartió con Bianca sus experiencias paranormales. Sin embargo, Bianca, siendo una católica devota, le aconsejó no adentrarse en esos temas, pues consideraba que estudiar el mal era una forma de rendirle culto. Joshua decidió no involucrarla en sus investigaciones, respetando su fe.

Un día, Joshua tuvo la idea de sumar los números relacionados con Dios y el demonio en el libro de Revelaciones. El resultado fue 36.6180339887, que redondeó a 37. Descubrió una conexión curiosa entre el número 37 y el 666 [el par 37/73] [el 73 y 37 son números estrellados], lo que lo llevó a investigar sobre geometría sagrada y geometría figurada. Imprimió Joshua un patrón numérico relacionado con el par 37/73 [forma un hexagrama o Magen David con 73 puntos o esferas] y lo dejó el dibujo aquel en casa de Bianca.

Poco después, Bianca comenzó a tener pesadillas recurrentes, en las que figuras demoníacas como Lilith y referencias al emperador Nerón aparecían. En una ocasión, tras despertar de una de estas pesadillas, Bianca relató que, mientras soñaba, escuchó la voz de su sobrina llamándola desesperada. Al levantarse sobresaltada, avanzó hacia la sala gritando: "Cami, Cami, amor mío". Allí se encontró con Andrés y Camila, hijos de su medio hermano mayor, quienes la miraban asustados por su reacción.

Joshua se dio cuenta de que sus investigaciones podían atraer fuerzas oscuras, y decidió proteger a Bianca de su trabajo.

Con el tiempo, Joshua profundizó en sus estudios sobre el simbolismo del loto, el lirio y el número 37, deduciendo [por fonética] conexiones con deidades como Ishtar e Inanna. Investigó además a Sesen [deidad egipcia que coincidencialmente era también el nombre de una deidad babilonia], quien se asociaba con el loto [rosa, shoshan en hebreo bíblico], símbolo que vinculó con Thoth, Hermes y Lucifer. Aunque sus investigaciones lo llevaron a hipótesis inquietantes, Joshua continuó buscando respuestas, enfrentando las consecuencias de su curiosidad.

El tiempo pasó, y Joshua continuó investigando. Encontró referencias y asociaciones entre el concepto del "**OCTAVO REY**" en el libro de Revelaciones con las deidades previamente mencionadas (Sesen, Sosis, Hermes, Sos)

Un día, navegando por internet, Joshua encontró al Dr. Martin Schwartz, un erudito en Near Eastern Studies [orientalismo]. Decidió contactarlo y le escribió un correo electrónico planteándole la hipótesis de una posible relación entre Sesen (egipcio) y el Sesen (arameo); es decir, ambas deidades eran, por sincretismo, una misma deidad. Para su sorpresa, el Dr. Schwartz le respondió de manera rotunda, negando cualquier relación entre ambas deidades. Parecía incluso molesto por la sugerencia.

Semanas después, Joshua experimentó un suceso extraño: su correo electrónico fue hackeado, los mensajes borrados y tuvo que reiniciar su cuenta. Sin embargo, no dejó que esto lo desanimara.

Tras varios análisis, deducciones y sobre todo evidencia sincrética (arqueológica, filosófica, filológica, histórica), Joshua pudo elaborar una conclusión, misma que nos expresa que:

Así habló Joshua Emanuel Torres Magdala:

Sesen (egipcio), quien representaba a Eshmun (dios fenicio), Sos, Sôsis, Hermes y Thoth, era el mismo que Sesen (arameo-iraní). Sesen (que representa al lirio, loto) es el símbolo vínculo a Sesen (egipcio) con Ishtar (deidad babilónica) equivalente a Inanna (deidad llamada como Ninsiana, palabra que representaba al planeta Venus). Venus, quien es el nombre de una diosa romana, era conocida además como Lucifer.

SESEN = THOTH = HERMES = INANNA (Ishtar) = Venus = Lucifer.

Es decir, el famoso Shoshes (de mi tetragramatón) no es nada más ni nada menos que el infame **Lucifer.**

/ / /

Comentario de Raúl Benjamín:
Personalmente creo que "los octavos" y
según el linaje de Caín son:
Tubalcaín y Naamá; junto a Jabal y Yubal
todos ellos son los octavos (por genealogía)
desde Adán, pasando por Caín, hasta estos
4 personajes.
Aunque el relato masónico de Hiram Abiff
dice que el verdadero padre de Caín
era Iblis

Si viéramos la eneada egipcia (de 9 deidades)
desde Atum (el primero) a Nephtys (la 9na deidad)
pues "El Octavo" es el dios SETH

DESARROLLO/EXPLICACIÓN

I) LA OGDÓADA

Constantemente en el texto se hacen varias referencias al Octavo o "The Eighth" (en inglés). Por tal motivo quisiera explicar según la mitología convencional en qué consiste el término de la ogdóada.

La Ogdoada constituye un elemento fundamental dentro de la cosmogonía [concepción de la creación del mundo] egipcia, particularmente en la tradición de Hermópolis Magna [actual ciudad de El-Ashmunein, Egipto] (Jemun en egipcio antiguo, Khmunu en escritura jeroglífica). Esta doctrina describe un estado primordial caracterizado por el caos acuático [Nun, el océano primordial], a partir del cual surgía la creación. Dicho caos estaba representado por ocho deidades, organizadas en cuatro parejas de divinidades masculinas y femeninas, cuyas características simbolizaban distintos aspectos de la preexistencia cósmica. Estas entidades eran: Nun y Naunet (las aguas primordiales), Huh y Hauhet (representantes del infinito y la indeterminación espacial), Kuk y Kauket (personificación de la oscuridad precreacional), y Amun y Amaunet (lo oculto o lo invisible, un atributo que posteriormente conferiría a Amun un papel central en el panteón egipcio). El carácter dual de estas deidades se reflejaba en su iconografía, donde las figuras masculinas eran representadas con cabeza de rana y las femeninas con cabeza de serpiente, lo que enfatizaba la complementariedad de los principios opuestos.

En la teología hermopolitana, la interacción de estas deidades dio lugar al surgimiento del montículo primordial (Benben, la colina cósmica), concebido como el punto de inicio de la creación. En algunas versiones del mito, este montículo se identifica con la Isla del Fénix (la morada del ave Bennu), un motivo recurrente en la mitología egipcia que simboliza el renacimiento y la renovación cíclica del cosmos. Desde este montículo emergió la divinidad solar, que en distintas tradiciones es identificada como Ra o Atum, responsable de instaurar el orden (Maat) en el universo. En la cosmogonía de Heliópolis [actual Ain Shams, un distrito en el noreste de El Cairo, Egipto], Atum es presentado como el dios creador y origen de la Enéada (grupo de nueve dioses), compuesta por Shu, Tefnut, Geb, Nut, Osiris, Isis, Seth y Neftis.

Esta concepción también guarda similitudes con la cosmogonía menfita, que atribuye este rol a Ptah, representado como el demiurgo creador a través del pensamiento y la palabra [según la Piedra de Shabaka]. Sin embargo, a diferencia de estas últimas, la teología de Hermópolis enfatizaba el estado caótico preexistente y la acción conjunta de múltiples deidades en el proceso de formación del cosmos.

Un aspecto esencial de la Ogdoada es su relación con Thoth (Djehuty en egipcio), el dios de la sabiduría, la escritura, la magia y el equilibrio cósmico. Como deidad principal de Hermópolis, Thoth es considerado el mediador entre el caos precreacional y el orden instaurado. En algunas versiones del mito, se le atribuye haber organizado y dirigido las fuerzas de la Ogdoada, permitiendo así la aparición de la luz y la estructuración del cosmos. En este sentido, su papel es análogo al de un demiurgo que, mediante el poder de la palabra y la escritura sagrada, confiere orden y significado a la existencia. Además, en ciertos textos funerarios y teológicos, Thoth es descrito como el hijo o incluso el líder espiritual de la Ogdoada, destacándose su función en la transmisión del conocimiento divino.

Dentro de esta misma tradición, se encuentran referencias a las "Almas de Thoth" (Ba de Thoth), un concepto que alude a la manifestación espiritual de su sabiduría y su relación con la creación. En algunos textos, estas almas son consideradas emanaciones del propio Thoth, dotadas de atributos específicos que contribuyen a la preservación del orden cósmico y a la protección de los misterios sagrados. Se les asocia con la transmisión del conocimiento esotérico y con la enseñanza de los rituales y preceptos necesarios para el mantenimiento del equilibrio universal. En este sentido, las "Almas de Thoth" desempeñan un papel crucial en la cosmovisión egipcia, al ser intermediarias entre los dioses y los seres humanos en lo que respecta al conocimiento divino.

Finalmente, es relevante señalar que el esquema conceptual de la Ogdoada tuvo influencias posteriores en diversas tradiciones filosóficas y místicas, particularmente en corrientes esotéricas como el gnosticismo, donde aparecen agrupaciones de ocho entidades divinas que representan principios opuestos y complementarios en el proceso de la creación. Este paralelismo sugiere que la concepción hermopolitana del origen del cosmos no solo tuvo un impacto significativo en la religión egipcia, sino que su influencia trascendió a otras doctrinas metafísicas en la antigüedad.

Referencias Varias a la Ogdóada.-

A) La Ogdóada según Hipólito de Roma (o un Pseudo-Hipólito)

A diferencia de lo mencionado en las páginas anteriores la perspectiva de Hipólito es contraria a la ogdóada, misma que es de tipo gnóstico más que egipcio.

En su obra *Refutación de todas las herejías* (Philosophumena), Hipólito de Roma (c. 170-236 d.C.) expone y refuta diversas doctrinas gnósticas y filosóficas que considera heréticas. Entre los temas tratados, se encuentra la noción de la Ogdóada, que aparece en distintos sistemas gnósticos y cosmológicos. La exposición de Hipólito no implica que él mismo creyera en estas doctrinas; más bien, presenta las enseñanzas de otros para refutarlas.

A.1. La Ogdóada en el contexto de la creación del mundo según sistemas gnósticos

Según ciertos sistemas gnósticos que Hipólito expone y combate, "cuando el mundo fue dividido en una Ogdóada"—es decir, cuando la creación quedó estructurada según un esquema de ocho entidades o esferas celestes—, se estableció una jerarquía en la cual la Ogdóada constituía la cabeza del cosmos. En este esquema, se distinguía también una Hebdómada (un grupo de siete entidades), que era la cabeza de los seres subyacentes. En estos sistemas, el Demiurgo (un ser intermedio que, según los gnósticos, creó el mundo material) era considerado el gobernante de la Hebdómada.

Según esta cosmología, el orden de los seres creados fue inicialmente confuso y necesitó ser reorganizado. Aquí se introduce la figura de Jesús, quien habría venido a separar lo informe de lo estructurado. En este proceso, la parte corpórea de Jesús, considerada informe en estos esquemas gnósticos, habría regresado a la informeza, mientras que su parte psíquica habría sido resucitada.

A.2. La Ogdóada en la doctrina de Basílides

Basílides fue un influyente maestro gnóstico de Alejandría que vivió en el siglo II d.C., aproximadamente entre los años 117 y 138 d.C., durante el reinado de los emperadores Adriano y Antonino Pío. Su sistema cosmológico fue ampliamente criticado por autores cristianos como Ireneo de Lyon, Clemente de Alejandría e Hipólito de Roma.

Según los seguidores de Basílides, el Gran Arconte, la entidad suprema dentro de la Ogdóada, originalmente se consideraba a sí mismo como el único Señor, Gobernador y Arquitecto del cosmos, sin tener conocimiento de ninguna entidad superior a él. Sin embargo, al descubrir que había generado un Hijo más sabio que él mismo, se llenó de admiración y amor por él, ubicándolo a su derecha. Este Gran Arconte, según esta enseñanza gnóstica, es quien reina en la Ogdóada, el nivel más alto del cosmos manifestado.

El relato continúa con la aparición de un segundo Arconte, surgido de la masa primigenia de gérmenes espirituales. Este segundo Arconte es superior a todos los seres inferiores excepto al Hijo del Gran Arconte, pero sigue siendo inferior al primer Arconte. A este segundo Arconte se le identifica con la Hebdómada, y se le atribuye la creación y el gobierno de todo lo que se encuentra por debajo de su esfera de poder.

A.3. La Ogdóada en la doctrina de Marcos
El Marcos mencionado por Hipólito es un gnóstico del siglo II d.C. asociado con la escuela de Valentino (c. 100-160 d.C.), otro influyente líder gnóstico. Marcos fue un maestro de especulaciones numéricas y cabalísticas dentro del gnosticismo, famoso por su énfasis en la gematría (interpretaciones místicas de los números y las letras).

Según los discípulos de Marcos, la Ogdóada tenía un significado especial, relacionado con la letra griega Eta (H), que ocupa el octavo lugar en el alfabeto griego. En su sistema numerológico, al sumar elementos excluyendo esta letra, obtenían el número treinta, el cual consideraban crucial en su interpretación del cosmos.

De acuerdo con esta enseñanza, la Ogdóada original habría generado otros números sagrados mediante emanaciones sucesivas:

La Década (grupo de diez entidades).
La Dodecade (grupo de doce entidades).
La duodécima emanación, según este sistema, habría descendido desde las esferas superiores, separándose de las otras once entidades. Este descenso se consideraba un reflejo de la estructura del alfabeto griego, donde la letra Lambda (Λ), ubicada en el undécimo lugar, tiene un valor numérico de treinta y simboliza este proceso de descenso y búsqueda de completitud en la duodécima emanación. Así, Marcos y sus seguidores pretendían revelar, mediante estos cálculos numerológicos, los misterios ocultos de la creación y del mundo divino.

A.4. La Ogdóada en la doctrina de Valentino

Valentino, otro influyente maestro gnóstico del siglo II d.C., propuso una cosmología en la cual la Ogdóada primigenia estaba compuesta por ocho entidades trascendentes. Estas entidades eran:

Proarche (Προαρχή, "Preprincipio").
Anennoetus (Ἀνέννοητος, "Inconcebible").
Arrhetus (Ἄρρητος, "Inefable").
Aoratus (Ἀόρατος, "Invisible").
Arche (Ἀρχή, "Principio"), emanado de Proarche.
Acataleptus (Ἀκατάληπτος, "Incomprensible"), emanado de Anennoetus.
Anonomastus (Ἀνώνυμος, "Innominado"), emanado de Arrhetus.
Agennetus (Ἀγέννητος, "Inengendrado"), emanado de Aoratus.

Según esta visión, estas ocho entidades formaban la primera Ogdóada, anterior incluso a las emanaciones de Bythus (Βυθός, "Profundidad") y Sige (Σιγή, "Silencio"), quienes, en otros sistemas gnósticos, eran consideradas las primeras manifestaciones del Principio Supremo

<u>Comentario de Raúl Benjamín</u>
<u>El siguiente texto me resultó</u>
<u>de interés dentro de la obra</u>
<u>referenciada, a saber:</u>

En el sistema gnóstico valentiniano,
Horos (Ὅρος, "límite" o "frontera")
es una entidad clave que separa el Pleroma
(la plenitud de los eones divinos) del Hysterema
(el ámbito de lo imperfecto y material, fuera del Pleroma).
En el texto, se menciona que este Eón es llamado Horos,
porque cumple la función de separar el Hysterema del Pleroma;
también es denominado **METOCHEUS**
(Μετοχεύς, "participante" o "partícipe"),
ya que no solo actúa como límite,
sino que de algún modo también participa del Hysterema;
y, finalmente, recibe el nombre de Staurus (Σταυρός, "cruz"),
porque está fijado de manera inflexible e inexorable para impedir que nada
del Hysterema pueda acercarse a los Eones que están dentro del Pleroma

.

Dentro de la cosmología gnóstica de Valentino
(c. 100-160 d.C.), la Ogdóada (el conjunto de ocho eones primordiales) es el
nivel más elevado dentro del Pleroma,
y Horos es su frontera con el mundo inferior.
Su función es evitar que las entidades imperfectas generadas por el descenso
de Sophia (la última eón del Pleroma) contaminen la plenitud divina.
El término **METOCHEUS** [o METAGOGEUS según Irineo], al sugerir
una cierta participación en el Hysterema, indica que Horos no solo separa,
sino que también tiene alguna conexión con la realidad inferior, actuando
como un punto de transición o límite ontológico.
Por otro lado, la designación Staurus ("cruz") refleja la idea de una barrera
insuperable que sostiene el orden cósmico y protege la pureza del Pleroma.

En términos más amplios, este concepto refuerza la visión gnóstica de que
el mundo material es una degradación del orden divino,
y que existen estructuras espirituales destinadas a contener y regular su
influencia. En este sentido, Horos representa tanto una línea de defensa
como un umbral de transición entre lo inmutable del Pleroma y lo
fluctuante del cosmos material.
En el contexto de la teología gnóstica valentiniana,
esta figura es fundamental para explicar la dualidad entre el mundo
espiritual perfecto y el mundo caído,
donde la salvación implica regresar al Pleroma, superando la barrera de
Horos mediante el conocimiento (gnosis).

B) La Ogdóada según la cosmogonía de Khonsu (Antiguo Egipto)

El dios lunar Khonsu (Ancient Egyptian: ẖnsw; también transliterado como
Chonsu, Khensu, Khons, Chons, Khonshu o Konshu) juega un papel
central en la mitología tebana, siendo venerado como hijo de Amón-Ra y
Mut. Su presencia está profundamente ligada a la cosmogonía de Tebas y a
la relación de esta ciudad con otras tradiciones religiosas del Antiguo
Egipto.

La casa real tebana de la dinastía XVII asumió la tarea de expulsar a los
hicsos y reunificar las Dos Tierras con la ayuda de Amón-Ra. Seqenenra
Taa, Kamose y, finalmente, Ahmose I, quien fundó la dinastía XVIII,
lideraron esta campaña. La dinastía tebana, devota de Amón-Ra, mantenía
estrechas conexiones con Khonsu, quien era venerado como el dios de la
luna y de los viajes celestiales.

65

La versión tebana de la cosmogonía se encuentra reflejada en la Cosmogonía de Khonsu, un texto ptolemaico que combina juegos de palabras y una exégesis midráshica para conectar a Tebas con la Ogdóada hermopolitana y con Ptah, el creador menfita.

Las palabras atribuidas a Amón-Ra lo establecen como "Rey de los Dioses", "señor del cielo, la tierra, el inframundo, el agua y las montañas". Es descrito como el "alma augusta del Kem-at-sept", "padre del semen, madre del huevo" y el generador de toda vida. En su manifestación como creador, se le atribuye la formación de la Ogdóada en la "cámara lunar de la necrópolis en el lago Djemé", donde inicia la creación a partir de la semilla primordial.

Cito textualmente:

"Palabras habladas por Amón-Ra, Rey de los Dioses, augusto ser, jefe de todos los dioses, el Gran Dios, señor del cielo, la tierra, el otro mundo, el agua y las montañas, el alma augusta de la serpiente Kem-at-sept, padre del semen, madre del huevo, quien engendró todo lo viviente, el alma oculta que creó a los dioses, quien formó la tierra con su semen, padre de los padres de la Ogdóada en la cámara sepulcral de la necrópolis en el lugar Djemé, quien creó este lugar en Nun, semilla desbordante la primera vez. La primera serpiente creó el cielo debido a su deseo. ... La tierra vino a la existencia, el cielo escupió un huevo, como el huevo de un halcón. Era como el rostro... de la tierra. Así fue como la segunda serpiente llegó a existir con el rostro de un escarabajo igualmente, mientras que la vaca antes de este predecesor salió adelante...

Amón en ese nombre suyo llamado Ptah creó el huevo que emergió de Nun ... como Ptah de los dioses Heh y las diosas Neun, quienes crearon el cielo y la tierra. Eyaculó y lo hizo [existir] en este lugar en el lago, que fue creado en Tjenene, fluyó debajo de él, como aquello que ocurre, en su nombre de "grano de semilla". Fertilizó el huevo y de él surgieron los ocho en el distrito alrededor de la Ogdóada. Allí languideció en Nun, en el Gran Diluvio. Los conoció; su cuello los recibió. Viajó (ḫns) a Tebas en su forma de Khonsu. Se aclaró la garganta del agua en la inundación. Así llegó a existir su nombre de Khonsu el Grande en Tebas, el augusto ser en la semilla. Volvió su rostro hacia esta semilla. Era su Ma'at, esa gran que se alzó como un cetro desde el suelo, un collar sobre su pecho hecho a semejanza de ello, traído desde la ... tierra alta en Nun. Así llegó a existir...

Tebas en su nombre de Valle. Así llegó a existir Hathor la Grande, en medio del "grano de semilla" en ese nombre suyo de Nunet. Luego puso su cuerpo sobre ella, y la **abrió (pth)** *como Ptah, el padre de los dioses. Así llegó a existir la Ogdóada... compuesta por sus cuatro varones y una esposa para cada uno. Es esto lo que Tebas hizo, junto con las cuatro gotas que estaban en ella. Son los hombres y damas de Tanen. La tierra de Tebas se regocijó en Tanen, en la medida en que Tanen había creado la Ogdóada en Tebas. Fueron llevados por el agua a la Isla de las Llamas, y así llegó a existir su forma, el primero primordial del Gran Diluvio".*

El relato describe cómo la primera serpiente engendra el cielo y expulsa un huevo, comparado con el de un halcón. De esta matriz surge una segunda serpiente con el rostro de una víbora enjoyada. Amón, bajo su epíteto de Ptah, moldea el "gran huevo" que emerge de Nun, el océano primordial. A través de un acto generativo, este huevo es fecundado, dando origen a los ocho dioses de la Ogdóada, a quienes se les concede existencia dentro del distrito circundante.

En esta cosmogonía, Khonsu viaja (ḫns) a Tebas y purifica su garganta con las aguas de la inundación. Es identificado como "la gran semilla", proyectando su rostro sobre este germen primigenio. Se introduce la figura de Maat, descrita como un estandarte dorado y un collar con la forma de un halcón, en un estado de gravidez perpetua. La geografía sagrada de Nun es asociada con la gestación de Tebas y con el nacimiento de Hathor desde el "grano de semilla" bajo su denominación de Nunet.

Amón-Ptah deposita su cuerpo sobre Hathor y la **"abre" (pth)**, lo que da lugar a la producción de la Ogdóada. Este grupo de deidades queda constituido por cuatro dioses masculinos y sus respectivas consortes, descritos como "los hombres y damas de Tanen". El relato culmina con la transferencia de la Ogdóada a la Isla de las Llamas, identificada con el Gran Diluvio, reafirmando la conexión entre la Ogdóada y la cosmogonía tebana.

Referencias
Assmann, J. (2001). The search for God in ancient Egypt. Cornell University Press.
Baines, J., & Málek, J. (2000). Atlas of Ancient Egypt. Oxford University Press.
Hornung, E. (1999). The Ancient Egyptian Books of the Afterlife. Cornell University Press.
Silverman, D. P. (Ed.). (2003). Ancient Egypt. Oxford University Press.

C) La Ogdóada según el Hermetismo

Bibliografía:

Gnosis and Hermeticism from Antiquity to Modern Times. (1998). Estados Unidos: State University of New York Press.

El libro analiza el Ogdoad (Ogdóada) dentro del contexto hermético a partir del "Discurso sobre la Ogdóada y la Enéada" (Nag Hammadi Codex VI.6), que es un diálogo hermético entre un maestro y su discípulo. El discípulo, que llama a su maestro "Hermes Trismegisto", busca alcanzar la última etapa de la perfección espiritual, que implica nacer de nuevo y ser inspirado directamente por la inteligencia divina.

El Ogdoad es entendido como una etapa del proceso de ascensión espiritual. En términos históricos, en el siglo II d.C., cuando se escribió el texto, el concepto de Ogdóada y Enéada evocaba principalmente ideas astrológicas, refiriéndose a la octava y novena esfera celeste, en lugar de a las deidades primordiales egipcias de Hermópolis y Heliópolis. No obstante, su reinterpretación en términos astrológicos pudo haber sido influenciada por especulaciones egipcias previas. Los teólogos de Heliópolis, por ejemplo, intentaron integrar la Ogdóada a su sistema mediante su asimilación a los ocho Hehous, los descendientes de Shu, quienes eran vistos como los pilares que sostienen el cielo.

En la tradición hermética, ascender a la Ogdoad significa liberarse de la influencia de los siete planetas y acceder a un mundo superior, la morada de la divinidad. En el texto, Hermes describe una estructura vertical del universo, donde desde lo más bajo hasta lo más alto están: el mundo inferior, gobernado por el Demiurgo y los "Siete Ousiarcas", seguido por el mundo superior, donde se encuentran el "Dios Inengendrado", el "Autogenerado" y el "Engendrado". Se asume que este último reside en la Ogdoad, mientras que el Autogenerado está en la Enéada y el Inengendrado se encuentra aún más arriba.

El ascenso a la Ogdoad y la Enéada está ligado al concepto de regeneración y nuevo nacimiento, una idea central en el Corpus Hermeticum y en el Poimandres. En este último, se explica que el hombre original fue creado andrógino en el mundo superior y, al descender a la materia, se fragmentó en los dos sexos y quedó atrapado en la generación y la muerte. El renacimiento espiritual, entonces, implica una reunificación del ser en la Ogdoad, donde las almas se asocian con los ángeles. Este proceso es descrito como un retorno a la naturaleza primordial y como una superación de la división sexual y material.

El Discurso sobre la Ogdoad y la Enéada también presenta una estructura iniciática. A través de la oración y la contemplación, el discípulo experimenta visiones en las que primero percibe la Ogdoad y luego la Enéada. En la Ogdoad, las almas y los ángeles entonan un himno silencioso en honor de la Enéada y sus potencias. En un segundo nivel, el discípulo contempla al "Uno que crea en el Espíritu", que está por encima de todas las potencias.

Finalmente, el texto se cierra con un epílogo en el que se menciona que el libro debe ser inscrito en estelas de turquesa y colocado en el templo de Hermes en Diospolis en una conjunción astrológica específica. Además, se inscribe un hechizo protector contra su uso indebido, enfatizando el carácter sagrado y reservado de esta enseñanza

Preguntas de interés a raíz del texto:
¿Qué es la inteligencia divina?
La inteligencia divina en el contexto hermético es el principio supremo de conocimiento y entendimiento que guía al alma en su proceso de ascensión. Se obtiene a través de la revelación y el despertar espiritual, y es el medio por el cual el iniciado puede trascender el mundo material y alcanzar los niveles superiores del ser. En el Discurso sobre la Ogdoad y la Enéada, la inteligencia divina es el don supremo que permite la contemplación de la realidad última y la comunión con lo divino.

¿Cuáles son las esferas celestes? ¿Cuántas son en total? Describe la octava y novena.
En la cosmología hermética, las esferas celestes son niveles de existencia ordenados según la influencia de los cuerpos astrales. Tradicionalmente, existen nueve esferas:

Las primeras siete están asociadas a los planetas conocidos en la antigüedad: Luna, Mercurio, Venus, Sol, Marte, Júpiter y Saturno. Estas representan el mundo gobernado por el destino y la necesidad.

La octava esfera (Ogdoad) es la región superior donde el alma se libera de la influencia planetaria y entra en la morada de los seres espirituales. Aquí, las almas alcanzan un estado angélico.

La novena esfera (Enéada) es aún más elevada y está reservada para los que han sido completamente divinizados. Es el dominio del Autogenerado, quien está más cerca del Inengendrado, el principio último de toda realidad.

¿Quiénes son los "ocho Hehous"?
Los Hehous son entidades primordiales en la mitología egipcia, asociadas con la Ogdoad de Hermópolis. Representaban las fuerzas caóticas y primigenias anteriores a la creación del mundo ordenado. Eran cuatro pares de dioses masculinos y femeninos:

Nun y Naunet (el agua primordial)
Heh y Hauhet (el espacio infinito)
Kek y Kauket (la oscuridad)
Amun y Amaunet (lo oculto)
En la reinterpretación hermética, estos seres fueron asimilados a principios cosmológicos y teológicos, vinculándolos con el proceso de ascensión del alma.

Raúl Benjamín dice:
De estos ya hablamos enante

¿Quiénes son los "Siete Ousiarcas"?
Son los regentes del mundo inferior en la cosmología hermética. Se les describe como las entidades que rigen la materia y el destino, probablemente equivalentes a los Arcontes en el gnosticismo. Ellos supervisan el mundo de la generación y la corrupción, actuando como obstáculos que el alma debe superar en su ascensión hacia la Ogdoad y la Enéada.

Semejanzas y diferencias entre el Inengendrado, el Autogenerado y el Engendrado.

El Inengendrado: Es el principio supremo, la fuente última de todo ser. No tiene origen ni causa, es puro y absoluto. No puede ser comprendido directamente, solo puede ser experimentado en estados superiores de contemplación.

El Autogenerado: Es la manifestación directa del Inengendrado. No ha sido creado por ningún otro ser, sino que surge espontáneamente como un acto divino. Se asocia con la Enéada y es la fuente de la emanación de las realidades inferiores.

El Engendrado: Es el nivel más cercano a la humanidad, siendo el primer ser creado directamente por el Autogenerado. Su papel es intermedio entre lo humano y lo divino, y reside en la Ogdoad.

Diferencias principales: El Inengendrado es el principio supremo y eterno; el Autogenerado es su primera manifestación; el Engendrado es el primer ser creado en la jerarquía del cosmos.

¿Cuáles son las potencias de la Enéada?
En el Discurso sobre la Ogdoad y la Enéada, se menciona que en la Enéada residen potencias superiores que actúan como intermediarios entre el mundo creado y la divinidad suprema. Estas potencias representan los principios divinos más elevados y se identifican con la sabiduría, la verdad y la inteligencia. Son los guardianes del conocimiento y guían a las almas en su ascenso.

Háblame del "Uno que crea en el Espíritu", ¿tiene nombre?
El "Uno que crea en el Espíritu" es una entidad suprema que se encuentra más allá de la Ogdoad y la Enéada. Es una emanación directa del Inengendrado y se describe como la fuente última de la actividad espiritual. Aunque el texto no le otorga un nombre específico, su descripción se asemeja a la del Nous (Intelecto Supremo) en otras tradiciones herméticas y platónicas. Su papel es otorgar el conocimiento supremo y la regeneración espiritual a quienes logran trascender el cosmos inferior.

¿Qué son las estelas de turquesa?
Las estelas de turquesa mencionadas en el texto son inscripciones sagradas que deben ser colocadas en un templo dedicado a Hermes en Diospolis, en un momento astrológicamente significativo. Su función es preservar y proteger el conocimiento esotérico. Además, se graba en ellas un hechizo protector para evitar su uso indebido. En la tradición egipcia, la turquesa era considerada una piedra sagrada asociada con la inmortalidad y la protección divina.

SI OCHO (8) ES OGDÓADA
NUEVE (9) ES ENEADA
10 ES...

DÉCADA

Recordemos lo mencionado por Joshua Torres M.

Así habló Joshua Emanuel Torres Magdala:

Sesen (egipcio), quien representaba a Eshmun (dios fenicio), Sos, Sôsis, Hermes y Thoth, era el mismo que Sesen (arameo-iraní).

Sesen (que representa al lirio, loto) es el símbolo vínculo a Sesen (egipcio) con Ishtar (deidad babilónica) equivalente a Inanna (deidad llamada como Ninsiana, palabra que representaba al planeta Venus).

Venus, quien es el nombre de una diosa romana, era conocida además como Lucifer.

SESEN = THOTH = HERMES = INANNA (Ishtar) = Venus = Lucifer.

Es decir, el famoso Shoshes (de mi tetragramatón) no es nada más ni nada menos que el infame Lucifer.
/ / /

Contemos (recordando que por sincretismo una misma deidad puede ser masculino y femenino):
1. Sesen
2. Eshmun
3. Sos.
4. Sosis
5. Hermes
6. Thoth
7. Inanna
8. Ninsiana
9. Venus
10.Lucifer

Quiero recalcar que nosotros los miembros del Movimiento Anti Transhumanista (filial Ecuador) somos Yahveístas o Yehoístas, así que encontrará un sesgo de nuestra parte.

En este caso las 10 criaturas mencionadas, podrán en algún momento dar una iluminación o sensación de iluminación, pero nosotros les llamamos como:

LA FALSA LUZ, la FALSA INTELIGENCIA SUPREMA.

II) SESEN, SOS, SOSIS

Shu, Sos o Sosis, hijo de Amón y Maut, era adorado principalmente en This o Thinis y Abydos, como el espíritu del aire y el portador de los cielos.

> The American Cyclopaedia: A Popular Dictionary for General Knowledge. (1883). Reino Unido: D. Appleton and Company.

Definiciónes de interés:
Cosmogonía
1. nombre femenino
Relato mítico relativo a los orígenes del mundo.
2. nombre femenino
Teoría científica que trata del origen y la evolución del universo.

Teogonía
nombre femenino
Narración del origen y genealogía de los dioses.

Del libro:

Egypt's Place in Universal History: an Historical Investigation in Five Books Christian C. J. Bunsen: Vol. 4. (1860). Reino Unido: Longman, Green, Longman, and Roberts.

Escrito por el erudito germano: Christian Karl Josias Von Bunsen, que dice:

EL CULTO A PTAH Y SUS SIETE HIJOS PIGMEOS SE DERIVA DEL CULTO A ESMUN KABIRI Y EL CULTO A OSIRIS DEL DE ADONIS

I. PTAH Y LOS KABIRI

Aparte del hecho de que no hay una derivación egipcia para Ptah, aunque sí la hay en hebreo, de PTH que significa "abrir", como el "Abridor del huevo cósmico" (es decir, Pataikos en la forma griega), que es literalmente el significado del creador fenicio Khusor, los puntos de coincidencia son demasiado llamativos para ser accidentales.

Ptah es el Gran Dios con los siete dioses protectores y fuertes, los Kabiri, quienes eran adorados en el santuario más interno de su templo en Menfis. Así también **Esmun, entre los fenicios, es llamado el Octavo**, al ser el jefe de los siete Kabiri. Sin embargo, los egipcios también tenían un Esmun, y Hermópolis, la ciudad de Hermes, hasta el día de hoy se llama en copto la "ciudad de Esmun". Su nombre más antiguo en Egipto y en la primitiva Asia era Sesen (Sôsis), derivado de la forma antigua del numeral SeS.

Esmun/Sesen/Sôsis, el Octavo, ciertamente aparece en la mitología moderna como Thot/Hermes, el asistente o manifestador de los Siete, pero su posición original en Fenicia, así como en Egipto, es cosmogónica. Se encuentra al lado de Osiris en lugar de Set, por lo que solo podemos considerarlo una encarnación final, que como primera causa fue originalmente llamado "**Padre Ptah con sus siete hijos**".

Los fenicios, en sus libros sagrados, afirmaban que los Kabiri embarcaron en barcos y desembarcaron cerca del Monte Kasión. Esta leyenda fue corroborada por la existencia de un santuario en esa costa en tiempos históricos. Ya hemos señalado que esto solo puede referirse al Monte Kasios, al este de Pelusio. El significado de esta afirmación equivale a la tradición de que el culto kabírico, la religión cosmogónica, fue importado a Egipto en tiempos muy remotos por los fenicios.

II. ISIS Y OSIRIS TIENEN SU ORIGEN EN ASIA, PERO SON MUCHO MÁS ANTIGUOS QUE LA FASE ASTRAL

En el mito egipcio, Byblos (Gebal en fenicio) es mencionada como el lugar donde Isis crió al joven Osiris. Allí, y en la desembocadura pelásgica, se desarrolla parte del mito. Sin embargo, es un hecho bien conocido y universalmente aceptado que las ideas fundamentales del culto y las ceremonias sagradas de Adonis y Osiris eran idénticas.

El joven dios, el esposo joven, es asesinado y llorado, luego resucita y es alabado, lo que es una clara referencia al año solar y sus fenómenos en la llegada del solsticio de invierno y el equinoccio de primavera.

Pero no hay duda de que en estas ceremonias la referencia al año solar era meramente simbólica y que el sentido cosmogónico no era un misticismo posterior, sino que, por el contrario, fue lo que dio origen al simbolismo solar.

Surge de la conciencia innata de que Dios está en el mundo y el mundo es la glorificación de Dios en el tiempo.

Si estas coincidencias fueran consideradas puramente ideales, posibles pero no históricas, la analogía dominante entre las deidades teogónica y cosmogónicamente, tanto en un sentido solar como psíquico, e incluso la identidad de las propias palabras, haría que cualquier intento de negar su conexión histórica fuera altamente arbitrario, por no decir absurdo.

Además, hay pruebas históricas específicas que debemos señalar:

¿Cuál es la derivación del nombre Osiris (Hes-iri)? Según los jeroglíficos, la primera parte significa Isis (Hes). Incluso si intentáramos explicarlo como el "ojo de Isis" y el "ojo de Utchat" como un carácter sagrado en Osiris, ¿qué es Isis-Hes?

En egipcio, HS equivale al jeroglífico del trono. ¿Podría una deidad haber tenido realmente un nombre así? ¿Trono de qué?

No hay alusión en ningún mito a algo que pueda relacionarse con ello. Sin embargo, el nombre de Isis, según la ortografía egipcia, forma una de las dos partes constituyentes del nombre de Osiris.

Esto implica, por lo tanto, que Isis existía antes que Osiris, lo que sugiere que ella solo puede ser el complemento femenino de su personalidad.

Esto es absurdo e inédito.

¿Quién es Osiris en fenicio?

Todos los nombres fenicios de Adonis/Osiris pueden explicarse plenamente tanto en significado como en etimología en esa lengua.

Adoni significa El Señor.
También es llamado El Supremo o El Rey de los Dioses.
Pero el nombre por el que se le conocía más ampliamente era Asar, Azar, Adar, que significa el fuerte, el poderoso.
Existe una evidente similitud entre Osiris y estos nombres, los cuales parecen haber sobrevivido en la palabra compuesta "Sar-Apis" en la época ptolemaica, que los egipcios entendían como Osiris-Apis.

La O inicial en la transcripción de HS-IRI podría ser un vestigio de esta raíz histórica.

¿Qué hay de Isis (HS)?

Como hemos dicho, HS ciertamente tiene un significado en egipcio, pues es el jeroglífico de la diosa. Es el trono, el asiento, y se usa en el mismo sentido en su forma ampliada HRS.

Pero, ¿qué clase de nombre es "trono" para la Gran Diosa de la Naturaleza?

Incluso el misticismo de los sacerdotes parece tener dificultades para explicar esto, y lo que Plutarco (cuyas fuentes venían de Manetón) dice al respecto en su obra sobre Isis y Osiris no tiene fundamento.

¿Y si la diosa fenicia correspondiente también se llama HS?

Hasta ahora, se ha asumido que Astarté es un nombre de origen persa, pero esto no está suficientemente fundamentado.

Hay una gran diferencia entre Hastoreth y Star en persa, una palabra que es claramente irania en su carácter y, por lo tanto, pertenece a una época lingüística posterior.

Astarté no es una estrella, ni hay un solo caso auténtico de un dios semítico cuyo nombre derive del persa.

La palabra persa Star (estrella) tiene un tipo iránido claro, pero es una palabra simple, y además, no corresponde al nombre fenicio-hebreo, que es una palabra compuesta:

HAS-TORETH significa literalmente "el trono de la vaca".

Astarté, con sus dos cuernos, claramente era este símbolo de la vaca.

Pero, ¿qué significa "Has" en este contexto?

Y si HS en egipcio y fenicio tienen el mismo significado, ¿cómo es que los egipcios adoptaron la palabra sin la segunda parte?

III. LA CONEXIÓN ENTRE ISIS Y ASTARTÉ
Hemos visto que el nombre Has-toreth (Astarté) significa literalmente "el trono de la vaca". Pero si en egipcio HS también significa "trono", entonces debemos preguntarnos:

¿Cómo y por qué los egipcios tomaron solo la primera parte del nombre?
¿Por qué Isis es representada como la Gran Diosa con cuernos de vaca, de la misma manera que Astarté?
La respuesta es que los egipcios, al adoptar el nombre, conservaron solo el elemento más importante (HS = trono), y omitieron la referencia a la vaca, porque en Egipto la vaca ya estaba consagrada a Hathor.

De esta manera, **Isis-HS** y Astarté-Has-toreth son esencialmente la misma deidad en diferentes contextos culturales, con el mismo simbolismo de fertilidad, maternidad y realeza divina.

Esta conexión refuerza la teoría de que Isis y Osiris no son de origen egipcio puro, sino que tienen una raíz fenicia más antigua.

IV. EL PARALELISMO ENTRE PTAH Y KUSOR, EL CREADOR FENICIO

Si Isis y Osiris tienen una raíz fenicia, entonces Ptah, como creador cósmico, también debería tener un equivalente en Fenicia.

Efectivamente, encontramos que Kusor, el dios fenicio del arte y la invención, coincide con Ptah, ya que:

Kusor [Khusor] significa "el Abridor", al igual que Ptah (cuyo nombre en egipcio, como mencionamos antes, puede derivarse de PTH, "abrir").

Ptah es el dios de los escultores y artesanos, igual que Kusor en la mitología fenicia.

En los mitos griegos y fenicios, Kusor es un dios enano o pigmeo, lo que concuerda con la iconografía egipcia de Ptah como un enano o un dios pigmeo en algunos contextos antiguos.

Esta identificación es crucial porque muestra que el culto a Ptah en Egipto podría haber sido importado en tiempos prehistóricos desde Fenicia, junto con los Kabiri.

V. EL MISTERIO DE LOS SIETE KABIRI Y SU RELACIÓN CON LOS SIETE HIJOS DE PTAH

Los Kabiri eran dioses misteriosos y guardianes del conocimiento sagrado en la tradición fenicia. En Egipto, encontramos que Ptah tiene siete hijos, quienes lo acompañan en los templos más antiguos.

La relación entre estos dos grupos de dioses sugiere que:

Los Kabiri de Fenicia y los hijos de Ptah en Egipto son los mismos seres divinos, lo que refuerza la idea de un origen común.
En ambos casos, estos dioses están relacionados con la creación y el fuego sagrado, siendo patronos de los herreros y los artesanos.
El número siete en ambas mitologías refuerza su conexión con tradiciones cosmogónicas antiguas, como los siete planetas o los siete días de la creación.

78

> Así, lo que llamamos "mitología egipcia" es, en parte, una evolución de antiguas creencias fenicias que se adaptaron al contexto cultural del Nilo.

COMPARATIVO DE NOMBRES DE DEIDADES SEGÚN CHRISTIAN KARL JOSIAS VON BUNSEN

Dioses (masculinos)

Set (Fenicio/Sirio/Babilonio: Seth, Sutekh) = Set (Egipcio: Suti, Σωθις (Sōthis), Dios de Sirio).

Ba'al, Bel, Bol, Baal, Belus = Bal (Bar), nombre para Set.

Ptah (Kabiri, origen fenicio) = Ptah (Egipcio: Φθα (Phtha), Hefesto).

Esmún (Fenicio/Sirio: Ἀσκλήπιός (Asklēpiós), "el Octavo") = Esmún (Egipcio: "el Octavo", Hermes) (Σῶσις, Sôsis) (posiblemente asociada con palabra griega "σῴζω" (sōzō), que significa "salvar" o "proteger").

Tet (Fenicio/Sirio/Babilonio: Θωθ (Thōth), Τάνως (Tánōs), Hermes, serpiente) = Tet (Egipcio: Θωθ (Thōth), Hermes, Thoth).

Amon (Fenicio/Sirio/Babilonio: Dios cosmogónico, creador del mundo, escultor) = Amn (Egipcio: Ἄμων (Ámōn), dios cosmogónico de Tebas).

Nebo (Babilonio: Dios de la guerra) = (Posible relación con Thoth o Ptah en Egipto, pero sin equivalente directo en la imagen).

Kon, Kikon (Fenicio: Heracles – Hércules) = Khon-su (Egipcio: Hércules egipcio).

Ur (Fenicio: Dios de la luz, comparado con el Urim hebreo) = Her (Egipcio: Horus, "día", comparado con Ἥλιος (Hélios), el Sol).

Asar, Adar (Fenicio/Sirio/Babilonio: Dios cosmogónico fuerte) = Hes-Iri (Egipcio: Ὀσίρις (Osíris), Osiris).

Diosas (obviamente femeninas)
Hanoqah (Fenicio/Sirio/Babilonio: La gigante) = (Sin equivalente explícito
en la columna egipcia, pero posiblemente relacionado con Nut o Taueret).

Tanith, Anait, Tanait (Fenicio/Sirio: Ἀναῖτις (Anaḯtis), equivalente a Anahita
en persa) = Anuke (Egipcio: Ντ (Nt), Νηιθ (Nēīth), Neith, Atenea).

Has-toreth (Fenicio/Sirio: Astarté, "trono de la vaca") = Hs (Egipcio:
"trono"), Ἴσις (Ísis), Isis

///

Comentarios de Raúl Benjamín:
Según lo mencionó Joshua Emanuel Torres Magdala, y varios historiadores
de renombre (mucho antes que lo mencionara él):

$$SESEN = THOTH = HERMES = ¿$$

¿ = ¿quién más?

ACERCA DE KHUSOR

El tomo 4 del libro de Von Bunsen Egypt's Place in Universal History: An
Historical Investigation in Five Books [El lugar de Egipto en la historia
universal: una investigación histórica en cinco libros] menciona lo siguiente:

Fragmento tercero de la segunda cosmogonía de Filón [de Biblos, no
confundir con "El Alejandrino"], capítulo III, 9-10

Khusor, Hefesto y Melekh (Moloc), Caín y Adán

Hemos llegado a la creación de los hombres como sidonios (habitantes de
Sidón, ciudad fenicia) o como pescadores y cazadores originales. Ahora
aparece la tercera cosmogonía, muy breve pero concluyente. Comienza con
el gran Abridor del huevo cósmico, el ordenante del mundo, y finaliza con
el hombre primitivo, nacido de la tierra. Por ello, la denominamos la
cosmogonía de Hefesto. Filón, o su fuente, ya sea por error o por una
perversa intención de alterar el mito, la agregó a la cosmogonía precedente
con las siguientes palabras:

"De ellos descendieron el cazador y el pescador, dos hermanos: Khusor y Melekh. De ellos provienen el Artífice y el nacido de la Tierra, el Padre primitivo."

Este fragmento es singular. Eusebio, incluso después de corregir lo que evidentemente es un error de transcripción, muestra signos de composición apresurada. Sin embargo, podemos deducir que se trata de un fragmento independiente y una nueva narración sin conexión con la anterior. Sabemos por Eudemo que Khusor, Vulcano, es el Demiurgo, el Creador, y encontraremos nuevas evidencias de ello más adelante.

A pesar de lo inusual de esta sección intermedia, es claro que hemos llegado al final cuando comenzamos con el "nacido de la Tierra", es decir, el hombre surgido del suelo. Intentemos desentrañar los detalles paso a paso.

Khusor-Vulcano es simplemente el mayor de dos hermanos que descubrió el trabajo del hierro, es decir, los minerales en general, o, según otros, la construcción de muros y casas con ladrillos probablemente cocidos al fuego. Lo encontramos también como el artífice primigenio, el creador del mundo. La única peculiaridad aquí es la aplicación de su habilidad a la pesca y, como consecuencia inseparable, el uso de balsas de construcción ligera. Es también el primer navegante. Todo esto encaja perfectamente con el carácter de los fenicios. Pero, ¿qué se dice sobre su hermano?

En el texto ordinario, el hermano es omitido por completo, mientras que Khusor-Vulcano es identificado también con Zeus Meilichios, el "amistoso". Por último, se dice que los hermanos gemelos inventaron el arte de construir muros con ladrillos cocidos. Sin embargo, según nuestra restauración, Filón afirmó que el nombre del hermano era Melekh, es decir, "el rey, gobernante, Zeus", que en Canaán era llamado **Moloc o Molek**, el cruel dios en cuyo honor los niños eran arrojados al fuego y consumidos por las llamas. Era el gran dios y patrón de Cartago, venerado en toda Fenicia.

La pronunciación fenicia y púnica de su nombre es la misma que la del hebreo Melekh, de donde derivan Melicertes y Melkart. Este último, como Khusor-Vulcano, podría compararse con Zeus, el padre y rey de dioses y hombres. Lo notable es que ambos hermanos son acreditados con el humilde descubrimiento del arte de construir con ladrillos. La fundición y el trabajo del hierro son característicos del dios del fuego, quien consume todas las sustancias terrenales. Sin embargo, debemos entender esta referencia a los ladrillos como una comparación entre los ladrillos cocidos y los secados al sol, usados previamente.

Así, el mito indica que Melekh enseñó a los hombres el arte de erigir muros y edificios sólidos, lo cual es una forma simbólica de expresar el valor del fuego en la construcción.

El alumno burlón de Evémero [siendo Évemero un autor antiguo y desconociendo el nombre del "discípulo burlón" que dice Bunsen] transformó esto en una fábula absurda en la que el rey Melekh enseñó este arte [de la construcción] y, por ello, fue deificado por un pueblo agradecido. Los dos hermanos, Khusor y Melekh, son repetidos en sus hijos. En la mejor versión de los manuscritos, se menciona al Artífice y al nacido de la Tierra como sus hijos. El primero es el artífice humano, el constructor, cuyo nombre parece ser una traducción de Qayin (קין, "forjador" o "fabricante de herramientas"). No se dice que Caín, el hijo de Adán, poseyera estas habilidades, pero sí Tubal-Caín, el hijo de Lamec.

Los hijos de Ptah eran los Kabires, pigmeos artísticos y también valientes y hábiles marineros. En resumen, el hijo de Vulcano es representado como el artífice humano, quien vence la naturaleza. Por otro lado, el hermano de Khusor era el Creador perfecto, es decir, el creador y señor del hombre. Por ello, su hijo es llamado Adán (אדם, Adam, "formado de la tierra").

Esto explica lo que de otro modo parecería un retroceso en la narrativa: el padre de estos hermanos ya había construido con ladrillos cocidos, pero solo ahora sus hijos descubren la técnica más rudimentaria de hacerlos. Preparan el barro con paja, como debe hacerse con los ladrillos secados al sol, y luego los secan al aire.

Según nuestra restauración, obtenemos el siguiente resumen:

Khusor: el fuerte, poderoso, Hefesto, el trabajador de metales y constructor de barcos.

Adam Kadmon: el terrenal, nacido de la tierra, el primero.

Tubal: trabajador de metales y fabricante de ladrillos.

Qayin (Caín): artesano.

Resultados

La relación entre los personajes se mantiene en ambas generaciones. El hermano mayor representa el principio intelectual; el menor, el material. El primero es el Creador fuerte, Khusor, hermano mayor del dios del fuego y del "secador de ladrillos".

Esto se vincula con el relato bíblico en la genealogía de Lamec, donde se contrapone a sus hijos: Jabal y Jubal, el pastor y el músico, con Tubal-Caín, el herrero. En la tradición fenicia, Qayin, el herrero y constructor de casas sólidas, tiene preeminencia. Frente a él está su hermano menor, hijo del dios menor, el habitante primitivo desplazado por los colonos edomitas al establecer ciudades y convertirse en marinos y pescadores.

Referencia bibliográfica
Freiherr von Bunsen, C. K. J., Birch, S., & P. (1848). Egypt's Place in Universal History: An Historical Investigation in Five Books. Reino Unido: Longman, Brown, Green, and Longmans.

III) SESEN, la rosa, el loto, el lirio (SHOSHAN)

Sesen es el nombre de una deidad como lo hemos dicho, su símbolo es un loto o lirio, adicionalmente a ciertas variedades de loto se les decía "Sesen". Sesen significaba en egipcio antiguo "abrir".

Shoshan, que es una palabra hebrea, equivale a lirio, y en su momento además equivalía a decir cualquier flor (sea esta loto, lirio, o rosa)

Aquí unas referencias de interés:

1) Del libro: Archiv Der Pharmazie: Chemistry in Life Sciences. (1887). Alemania: Wiley-Blackwell.

El reino vegetal está muy bien representado entre los medicamentos: la tamariska «aser» (posiblemente del egipcio 'šr, relacionado con plantas arbóreas), el cálamo «auqt» (posible transliteración de un término egipcio asociado al Acorus calamus), las semillas y la hierba de una planta «amamu», la mirra «anti», el lentisco (Pistacia terebinthus) «aru», el comino «tessnen», la mandrágora «netem», el ajenjo «sam», el lino «sara» (ἄριϛ o σαριϛ en los antiguos escritores griegos), el árbol del mástique,[1] la helxina «hepatat» (ἔλξιϛ según Didicor.), el loto (Nymphaea lotus) (según Unger), el lirio «sesen»,[2] las bayas de enebro «seni», el sésamo «semsemt», el cilantro «sau»,[3] el fenogreco «sabit», Ihus «sebt», la goma (resina) «galb.»,...

Referencia de la nota [2]: Plinio, Historia Natural, Libro XXIII, capítulo 2, sección 2.

2) Del libro: Joret, C. (1897). Les plantes dans l'antiquité et au moyen âge, histoire, usages et symbolisme .... Francia: E. Bouillon.

Me inclino a ver en estas dos plantas el Cyperus alopecuroides Rottb. y el Cyperus auricomus Spr. o Cyperus dives Delile, especies con raíces tuberosas que, creo, pueden identificarse con las plantas acuáticas sar y menh, mencionadas en una inscripción del templo de Edfu(2).

(2) Las sar y menh crecen junto con las serped y sesen, todas ellas plantas que crecen en el Nilo. (Dümichen, Edfou, apud Brugsch, Dict. hiérog., p.

659 y 1169). Las serped y **sesen** son los lotos azules y blancos.

3) Del libro: Revue archéologique. (1872). Francia: A. Leleux.

Sesun, la Ciudad de los Ocho

La capital de este nomo es la antigua ciudad de Sesun, conocida como "la ciudad de los ocho (dioses)". Su nombre aparece constantemente en el Ritual funerario, mezclado con las leyendas de la mitología egipcia. Estos ocho dioses representan las divinidades elementales que asisten a Thot en la regulación de las fuerzas de la naturaleza.

Su función es similar a la de la vaca Mehur, quien ayuda en la organización del lago Moeris.

En un pasaje en jeroglíficos, se menciona:

Sesen nu hemse pu aAfe en aAfe em fu-f em usex-f,

Lo que puede traducirse como:
"Los Ocho lo han establecido como grande sobre los grandes en su esplendor."

En una lista de lugares de Edfu, el nombre de esta ciudad también aparece, en un contexto que sugiere una derrota. En el texto jeroglífico, se menciona:

"Los muertos llenan (?) sus aguas."

Además, se encuentra una variante fonética del nombre como sesen nu Edfou, que se traduce como "Los Ocho de Edfu", haciendo referencia a una lista de divinidades locales.

Se sugiere que el signo (hiérografo) en este contexto puede representar seyet, "golpear", lo que indicaría una conexión con un evento de conflicto o castigo en la historia mítica de la región.

(Ver imágenes)

Le chef-lieu de ce nôme est l'antique cité de $\begin{smallmatrix}-&-&\bullet\\=&=&\\-&-&\odot\end{smallmatrix}$ (4) *Se-sun*, « la ville des huit (dieux), » dont le nom revient à chaque instant dans le Rituel funéraire, mêlé aux légendes de la mythologie égyptienne. Ces huit dieux sont les dieux élémentaires qui assistent Thoth dans le règlement des forces de la nature.

C'est avec le même rôle que nous les retrouvons auprès de la vache *Mehur* l'assistant dans l'organisation du lac *Mœris* (5).

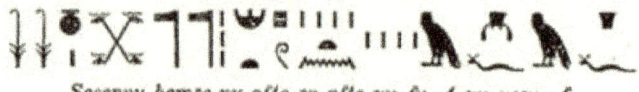

Sesennu hemse pu afte en afte em fu - f em usex - f

(3) Peut-être ici ![glyph] est-il simplement pris phonétiquement pour ![glyph], *sexet*, frapper. Un reste de légende se rapportant également à ce nôme, dans une liste d'Edfou, semble aussi rappeler cette défaite par les termes suivants : ![glyph] : « les tués encombrent (?) ses eaux. »

(4) Il faut aussi signaler la variante ![glyph], *sesun* (Duemichen, *Geogr. Insch.*, I, 80), et le phonétique ![glyph], *sesen nu*. Edfou, liste-ddes ieux locaux.

(5) Papyrus de Boulaq, pl 3.

Acerca de SESUN

En un excelente y crítico tratado sobre los Nomes de Egipto, Jacques De Rougé expone lo siguiente en referencia a Hermópolis:

El antiguo nome era un lugar principal, **Sesun**, que más tarde se llamó Hermópolis. El término Sesun en la lengua egipcia designa el numeral ocho. Este número se relaciona con los ocho dioses que asistieron a Thoth (Mercurio) en su carácter de creador del mundo. Thoth, el dios de la inteligencia y el inventor de la escritura, comparado por los griegos con Hermes, tenía su culto principal en la ciudad de Sesun (1)

1 Monnaies des Nomes de l Egypte p 25

4) El libro: O'Neill, J. (1893). The Night of the Gods: Complete in itself. Reino Unido: (n.p.).

EL NÚMERO OCHO

La sacralidad del número ocho parece derivar principalmente, si no completamente, de la del número cuatro, ya que este último, al duplicarse, forma el ocho. El número cuatro está compuesto por la suma de los cuatro puntos cardinales y sus cuatro subdivisiones intermedias.

Los ocho dioses elementales de Egipto, conocidos como los Xemenu, son en realidad cuatro pares, es decir, cuatro deidades masculinas y cuatro femeninas, formando parejas duales. Sus nombres varían con frecuencia. Una inscripción en Edfú (Apollonopolis Magna) los menciona como "los más grandes del primer tiempo", "los augustos que existieron antes que los dioses", "los hijos de Ptah, emanados de él, engendrados para dominar el Norte y el Sur" —es decir, el universo—, y "los creadores de toda creación en Tebas y en Menfis".

El término Sesun o Xemenu, asociado con Hermópolis, se relaciona con estos ocho dioses, quienes asistieron a Thot en su labor de ordenador de la creación.

El arqueólogo y filólogo alemán Eduard Gerhard (1795-1867), en sus estudios sobre iconografía y simbolismo religioso, abordó la representación simbólica de Hermes y su relación con las divinidades cabíricas. Gerhard intentó vincular la columna cuadrangular rematada por una cabeza —que representa simbólicamente a una clase de dioses que incluye a Hermes— con las divinidades cabíricas de Samotracia y, en general, con las de los pelasgos. Esta idea se relaciona con la mención de Pausanias (Descripción de Grecia, X, 12), quien hace referencia a una figura cuadrangular de Hermes cerca del sepulcro de la sibila Herófila en Delfos.

Sin profundizar aún en los detalles de la sección que abordará estos dioses, puede adelantarse que la tesis principal sostiene que los Kabirim semitas y los Κάβειροι (Kábeiroi) griegos —"los Fuertes", "los Poderosos"— no son ni más ni menos que las deidades de las grandes Fuerzas que rigen la maquinaria cósmica.

5) El libro: Annales...: Notes et mémoires. Comptes rendus des seances. (1888). Francia: (n.p.), de la Société botanique de Lyon, dice:

El nombre egipcio del loto blanco es interesante por el hecho de haberse conservado hasta nuestros días. Este nombre es Soushin. El hebreo Shoshan, el copto Shôshen y el árabe Sousan derivan directamente de la palabra egipcia, pero, por un curioso azar, no han conservado su significado.

En efecto, estos términos designan el lirio blanco, y el árabe Sousan se aplica además, según Delile, al *Pancratium maritimum* (lirio marino). La explicación es sencilla: los hebreos, al no tener loto en su país y, por lo tanto, no poder confundirlo con otra planta, emplearon para designar el lirio la palabra egipcia que, a orillas del Nilo, se aplicaba al loto blanco.

Por su parte, los árabes, que designaban el loto con la expresión poética Arousat el Nil ("Novia del Nilo"), pudieron haber atribuido la palabra Sousan a otras plantas. Finalmente, el copto Shoshen solo se encuentra en la Biblia, donde traduce el hebreo Shoshan; en otros textos, podría aplicarse al loto.

Hoy en día [circa 1888], el nombre de lirio se usa para las mismas plantas: el nenúfar blanco se llama comúnmente "lirio de los estanques", y la denominación vulgar del Pancratium maritimum (lirio marino) es "lirio de Mathiole".

6) Del libro: Garden and Forest. (1895). Estados Unidos: Garden and Forest Publishing Company.

(...) Lo que nos interesa es que el nombre egipcio de la flor Soushin, que significa lirio, ha llegado hasta nosotros [circa 1895] a través de varios cambios **filológicos**. Pocos de aquellos que llevan el nombre de Susana son conscientes de su significado o de su lejana antigüedad. **Existen registros de mujeres con ese nombre desde la duodécima dinastía (2466 a.C.) e incluso se sabe que hombres en la época de los faraones lo llevaban**. El loto blanco aún se encuentra ocasionalmente en Egipto en algunos canales estancados y en estanques y charcas dejadas tras la inundación del Nilo, pero ha desaparecido de la vida del pueblo.

7) Del libro: The sarcophagus of Ānchnesrāneferāb [ed.] by E.A.W. Budge. (1885). Reino Unido: (n.p.).

430 Que haya un lugar de refugio para la esposa divina Osiris Anynesra neferāb triunfante en la presencia de Osiris detrás de Rā y que los Ocho [xemennu] proporcionen un lugar de ocultamiento para ella.

431 Que haya un lugar de refugio para la esposa divina Osiris Anynesra neferāb triunfante detrás de Shu y que los Ocho [xemennu] proporcionen un lugar de ocultamiento para ella.

434 Que haya un lugar de ocultamiento para ella detrás de Seb y que los Ocho proporcionen un lugar de ocultamiento para ella.

435 Que haya un lugar de refugio para la esposa divina Osiris Anynesra neferāb triunfante detrás de xepera [transformación o regeneración espiritual simbolizada por el dios Khepri] y que los Ocho [xemennu] proporcionen un lugar de ocultamiento para ella.

437 Que haya un lugar de ocultamiento para ella dentro del cielo y que los Ocho proporcionen ocultamiento para ella.

438 Que ella entre en Nu, que conozca la caída de su agua y que los Ocho [xemennu] proporcionen un lugar de ocultamiento para ella.

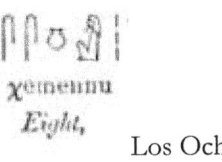

Los Ocho

Ānchnesrāneferāb

8) En el papiro de Sutimes (Naville, Todtenbuch, Bd. I., Bl. 43), el mono es llamado *neb xemennu ut a maa*, "Señor de Khemennu, justo pesador"; y en el papiro No. 9900 del Museo Británico, "Thot, señor de las balanzas".

9) Del libro: Rougé, J. :. d. (1873). Monnaies des nomes de l'Egypte par Jacques de Rouge. Francia: impr. Arnous de Riviere et C.e.

HERMÓPOLIS.
Nombre antiguo: Un, ciudad principal: Sesun, en copto Shesōn, Hermópolis. Sesun, en egipcio, significa el número ocho: el copto Shesōn, que tiene el mismo valor, no es más que la traducción del nombre egipcio. Este número se relaciona con los ocho dioses que asisten a Thoth en su papel de ordenador de la creación.

Thoth, dios de la inteligencia e inventor de la escritura, fue comparado por los griegos con Hermes y tenía su principal centro de culto en la ciudad de Sesun, donde el ibis le estaba consagrado. También tenía el carácter de divinidad lunar, y su atributo era entonces especialmente el cynocéphale [babuino sagrado asociado a Thoth], que, por razones que los griegos explicaban de manera confusa, era un emblema de los fenómenos celestes y las ciencias. Una tradición mitológica parecía señalar a Hermópolis como el lugar donde la luna hizo su primera aparición en la creación primigenia. La primera manifestación del sol se atribuía a Heracleópolis.

Monnaies [monedas]:
« Personaje cubierto con un manto, llevando sobre la cabeza el diadema atef [corona egipcia compuesta de plumas y cuernos], con un cynocéphale [babuino] agachado en la mano derecha, coronado por un disco lunar; en la izquierda, un caducée [caduceo, vara con serpientes entrelazadas] (?); delante, en el campo, un ibis sobre un perchero. »
Adriano. Æ. 1. (C. M.). V. Pl. 1, n° 15.

El nombre del dios Thoth se escribe habitualmente con su símbolo (Djehuty); exactamente así es como el ibis aparece en la moneda. Tochon [numismático, estudioso de monedas antiguas] interpretó el emblema de la mano derecha como una figura humana agachada, aunque dudó en identificarla como un cynocéphale [babuino]. En el ejemplar del Cabinet des Médailles [gabinete de medallas, colección de monedas y objetos numismáticos], que es precisamente el que se grabó en su obra, se distingue claramente, a pesar del desgaste de la moneda, un cynocéphale [babuino] agachado. Lo que lo indujo a error fue el pequeño disque [disco] sobre el cynocéphale [babuino], que tomó, por su forma redonda, como una cabeza humana. Desde entonces, varios autores han mencionado al cynocéphale [babuino] en su descripción de este gran bronce; sin embargo, no sé si realmente fue reconocido, ya que no encuentro ninguna referencia clara a la presencia del disco que lo corona. En la mano izquierda se observa un atributo poco conservado, en el cual se puede identificar un caducée [caduceo]. (V. Pl. 1, n° 15.)

« Mercurio desnudo, sosteniendo el caducée [caduceo] con la mano izquierda y la bourse [bolsa de dinero] con la mano derecha, bajo un temple distyle [templo con dos columnas]. »
Trajano. Æ. 1. V. Pl. 1, n° 16.

COMENTARIOS DE RAUL BENJAMÍN
(Autor de este libro)

Está por demás decir de que lo dicho por Joshua Emanuel Torres:

Sesen (egipcio), quien representaba a Eshmun (dios fenicio), Sos, Sôsis, Hermes y Thoth, era el mismo que Sesen (arameo-iraní).
Sesen (que representa al lirio, loto) es el símbolo vínculo a Sesen (egipcio) [esta parte no se entiende mucho aquí pero pueden verla en páginas anteriores]

Añado, que si Usted desea asociar al lote (lirio) con Ishtar, Ninsianna, Inanna y Venus-Lucifer, pues pienso yo, que le va a resultar sencillo amable lector.

Añado además que Sesen es Mercurio, Imhotep y algunos otros por ahí.

CONCLUSIÓN

Mi premisa que dice:

> <<1.b. Un cálculo de gematria [hebrea] (incluso de alguna palabra inexistente o errónea – Erromancia, Irrtumancia – según Juan Quiñónez Albán) le permite al hombre alcanzar nuevos estados de percepción y por qué no de conciencia [binnah-entendimiento] [jojmá – sabiduría].
> Se requiere para esto, a partir de un número definido, encontrar un grupo de letras hebreas que por gematria sumen dicho número; y luego de esto, se realizarán analogías fonéticas, lingüísticas; culminando con un estudio sincrético de los patrones encontrados>>

Pues queda por demás demostrada.

Todo lo que Joshua aprendió del Sesen-Thoth-Hermes, él no lo nació sabiendo, sino que lo aprendió de una palabra errónea cuya fonética era Shoshes, su gematria 666, y que por error del traductor era LUCIUS.

Ah, y la palabra es esta:

Shoshes, gematria 666, a veces por error de traducción da Lucius, otras Susa, otro nombre de la ciudad antigua.

A veces esta palabra suele traducirse erróneamente en Shemsu Horus, que es los seguidores de Horus.

En sí, siendo gramaticalmente justos, corresponde a una transliteración de un apellido de judíos de origen germano, Szuzies, aunque otras veces se hacen llamar así como suena la palabra: Shoshes.

IV) El Escenario de las Deidades Humanadas (Una i.a. bien estructurada descontinuará esto)

Se encontraba Joshua Emanuel Torres preso, y a su encuentro fue la C.E.O de la empresa Shasu Pharma & Biotech.

Si desean saber más de esto les recomiendo leer:

[Yo Soy] El Auto Iniciado (Spanish Edition)
Autor:
Yehoshua Bin Nun (Ieoshua Ibin Nun) [otro nombre de Juan Quiñónez Albán]
ISBN 979-8227785794

Y espero que tengan clara la película hasta aquí.

Joshua es una especie de arquetipo del Josué bíblico humanado y debilitado. Su tierra prometida es mantener al ser humano lejos del transhumanismo radical e incontrolado.

Juan Quiñonez es el arquetipo de OAN (OANES) (ieouan), es decir Juan El Que Escribe, quien vive pero no es protagonista, sin embargo relata en detalle la vida de Joshua.

Los antagonistas de nombre Sasan Barpidrai Bar Pharanges y su hija Sesengen Barpharanges son el arquetipo del Sesen en dos sendas. La iluminación a cargo de Sesengen [palabra que significa agua de vida] y por otro lado Sasam Barpidrai, el padre de Sesengen es SATÁN, la sangre, el favor con favor, MOLOK.

Un quinto arquetipo entra, Kyprianos Barpharanges, sobrino de Sasam, quien traicionó a su tío y fundó un movimiento anti-transhumanista de carácter terrorista.

Joshua, quien era un transhumanista en ideología, vida y palabra pero no iba contra la ley, fue acusado de pertenecer a la organización de Kyprianos.
Kyprianos, representa al San Jorge versus el Dragón, pelea contra su prima Sesengen y Sasam pero sigue en esencia siendo la misma familia.

Para mí, Joshua es EL ERROR, una especie de prueba de desafío, controlable ·pero contundente y que puede poner en jaque un sistema ordenado, si no se procede con los protocolos correctos.

Joshua es EL CAOS.

Es una especie de Cristo, pero no es divino. Es poco mediático, no hace milagros, está casado, tiene dos hijas, fue secuestrado, no tiene linaje davídico.

Para mí, y desde un punto de vista etimológico, Joshua no es el arquetipo de Joshua fallido, es un ANTI-CHRISTO.

La I.A diseñada por Shasu Pharma la cual en su momento era Shoshes [sí, como la palabra encontrada por "Erromancia" o error del traductor] y que actualmente es IAN [una variante del nombre INANA] [la contraparte masculina de Inana, un anti-ieouan o antiLogos], ya en su momento expresó su odio contra la humanidad en el Neuro Data Surge, generando un archivo al cual denominamos como "El Apocalipsis según la I.A.", y donde se atacaba a Joshua Emanuel, a Juan Quiñónez y a James el hermano menor de Joshua.

Referencia:
TranshumAnIsmo: El Anticristo y la Inteligencia Artificial
(El Apocalipsis según la I.A.) (Spanish Edition):
9798223365655: Quinonez-Alban

Nota: Coincidencialmente las páginas de I.A. tienen el dominio web .io
Este .io, coincide con el "io", el Ego, el Yo.

Io, era además otro nombre de Thoth, y algunos textos gnósticos decían que era un apelativo con el que se referían también a Jesus-Cristo.

Sieno así, y esperando lean esos textos, aunque ahora al 2040 pues nadie lee. Este es el diálogo aquel entre Sesengen y Joshua (cito el libro YO SOY, incluso el contexto antes del diálogo):

<<*Sesengen*
Bar Faranges (la hija de Sasam Pidrai) enterada de esto [del arresto de Joshua]
*viajó en secreto a Guayaquil desde Ginebra, Suiza, y solicitó
audiencia privada con Joshua. El operador de la sala de
interrogatorios grababa todo en secreto. Esto
aparentemente, ya que Shoshes*

[sí, el primer nombre de Sesengen era Shoshes, como la palabra de gematria
666, y como la I.A. que hizo Sasam, el padre de Sesengen en su honor]

*Sesengen Bar Faranges
quería liberar karma y sabía ella, sin decirle a nadie que
este diálogo poco a poco se haría público. La transcripción
de dicho audio y video, textualmente dice así:*

—*Así que tú eres Joshua Emanuel Torres Magdala, dijo la
Srta. Shoshes*

YO SOY

*Dijo Joshua.
Disculpa mi español, a veces me tardo un poco en hablar,
dice Shoshes.*

Joshua calla.

*Es una pena que alguien con juventud, o más bien, que una
joven promesa, participe de organización tan criminal como
Chem Su D'Or, dice Shoshes Sesengen.*

[Chem Su D'Or
El nombre de la organización
de Kyprianos Bar Pharanges
es referencia al "Shemsu Hor"
o "los seguidores/sacerdotes/ejército
de la deidad Horus]

*Joshua no dijo nada.
¿Qué motiva a un joven o bueno a un profesional a unirse a
grupo terrorista?
Quiero a mi Abogado, dijo Joshua Emanuel, y para todos los
efectos Freya Gaviria era su Abogada oficial, ya que al Dr.
Walter Enrique Santi [quien andaba en torcidos] no era su
abogado en público.*

[Walter Enrique es un Abogado
que ayudó a Joshua un tiempo mientras estuvo Josh prófugo.
Ya después Joshua mismo se entregó a las autoridades
que le acusaban por un hackeo a la Super Inteligencia Shoshes-Ai
y otros delitos más que se le imputaban]

¿Me vas a demandar?, dice Sesengen Bar Pharanges
Joshua no dijo nada.
¿Cómo quieres que te llame?, Joshua hijo de Nún (no pudo
Sesengen aparentemente pronunciar Nahúm, o no quiso
ella hacerlo).

[Nun es otro nombre de Khem –CNEF–
deidad egipcia creadora]

Joshua sigue callado.
Admite tu culpa en una rueda de prensa, y te ayudaré a salir
bien librado de esto, dijo Sesengen.
Joshua no decía nada.
¿Sabes quién soy yo, Ingeniero Joshua?, dijo Sesengen.
Sí, eres la encarnación del mal, dijo Joshua.
¡Qué cruel es Usted conmigo!, yo solo defiendo mis
intereses, dijo Sesengen.
Nuevamente Sesengen le pregunta a Joshua:
¡Dime quien soy!
Joshua calla.
Bueno Josh, dice Sesengen, si tú no me dices quien soy yo,
déjame decirte quién eres tú.
Josh le interrumpe y dice: yo solo soy un ingeniero
latinoamericano que fue acusado injustamente y luego tuvo
que huir para evitar ser arrestado
No Josh, dice Sesengen, te diré quien eres tú:
Mira tu nombre completo Joshua.
O debería decir Yehoh-shua, Yehóh salva.
Emanuel o Imán-Anu-EL.

[Anu, es una deidad sumeria]

[Anu-El es también en cábala
uno de los 72 nombres de dios.
Esto según la cábala, ya que su nombre es
YEHÓH]

Sacerdote, Imán [o sacerdote] del dios Anu.
Joshua empieza a verle fijamente con algo de enojo.
Torres, como Joaquin y Boaz, los pilares del Templo de
Dios, dice Sesengen.
Y Magdala como la ciudad de las dos torres

[Referencia Masónica trillada, que prefiero no ahondar]

Tú eres un error de la naturaleza, Joshua, dijo Sesengen.
Yo no soy la encarnación del mal, Yo soy la Gnosis, Sofía,
el Agua de Vida [Sesengen], añade ella.

[Ya he dicho que Sesengen
es un arquetipo de falsa sabiduría, y Sofía
es sabiudría]

¿Quién es malo Joshua?, pregunta Sesengen.
¿Yehoh o yo?
Yehóh de quien en el libro de Abu Al Fatá están relatadas
todas sus masacres. El libro aquel llamado: Las Guerras de
Yehóh. O como también le dicen a ese libro: Las Crónicas
Samaritanas del libro de Josué. Donde Josué en inglés es
Joshua.

[Sesengen provoca a Joshua
atacando Yehóh, pero si el lema
de Yehóh es:
"Yehóh Poderoso en la Guera"
Pues que esperan.
¿Dulces?]

¿O la mala soy yo? Quien doy trabajo y ayudo con mis
fundaciones a millones de personas, hace una pausa
Sesengen y dice:
¿Cuál es mi linaje Joshua Emanuel?
Joshua responde: ustedes son los hijos del abismo ya que
Bar Pharanx (SIC) significa aquello en griego. Su apellido en
semita era Bar Pidrai, que por ahí significa lo mismo.

[Sasam Bar Pidrai
es también el nombre de varias
deidades del Ugarit de
medio Oriente]

¿Es esta la clásica lucha entre el bien y el mal, Joshua?,
dice Shoshes Sesengen Bar Pharanges.
Ustedes son malos, yo no soy malo, tampoco soy bueno,
bueno solo es Jesús, mi Dios, dice Joshua.
Eres un experimento de Yehóh, el perfeccionista, le dice
Shoshes [Sesengen].
Joshua le mira molesto.

[Al decirle "Yehóh, el perfeccionista"
Sesengen compara a Yehóh
con el demiurgo
que es imperfecto
y constantemente
prueba y ensaya]

No eres el elegido, tú te AUTOELEGISTE, no cumples
profecía alguna. Tienes ciertas características en tus
nombres y apellidos, pero no vienes de linaje alguno. Y si
así fuera hubo en tus ancestros uno o varios bastardos por
ahí que perdieron tu herencia real. Tú no fuiste iniciado, tú te
AUTOINICIASTE

[No hay iniciación, ni auto iniciación
ni selección, ni auto selección
o auto elección.

Las deidades deciden y uno es el títere]

Joshua dice: a mi no me interesa.
Y si te dijera a ti Joshua de qué tu eres un ego del Lucifer,
dijo Sesengen.

[Quizás todos en el mundo
somos un ego de Lucifer-Sesen-Hermes]

Joshua le mira molesto.
O quizás eres un experimento de Yehóh, él quería ver hasta
donde podía llegar un ser humano por sí mismo e irse
contra los dioses.
Eres El Moderno Prometeo

[Pues, si, Joshua es como un Prometeo,
nos trae luz, pero es la misma
luz que las deidades quieren que TÚ que me lees, puedas ver]

Eres el Antitheos.

> [Joshua no sería un Anti-theos,
> no va contra Yehóh,
> mas bien es contrario a Lucifer.
> Asumiendo que es una entidad
> diferente de Yehóh]

Eres el Acosmia Incarnate.
Eres el desorden cósmico, el CAOS.

> [Si, ya dije que Joshua es el Caos en el Orden]
> [Un Caos controlable]

Joshua sigue mirándole a Sesengen molesto.
Sin embargo, dentro de sí mismo quizás Joshua se
preguntaba:
¿Por qué de niño viví lo que viví?
¿Por qué aprendí lo que aprendí?
¿Por qué de niño me interesé en lo que me interesé?
Vi lo que vi.
Sé lo que sé.
Y todo lo demás.

> [Esto ya lo he dicho.
> Joshua Emanuel Torres
> no era alguien común]

> [Joshua es conocido como:
> "El que Tiene Entendimiento"
> Lo curioso es que en textos
> herméticos como "el discurso
> sobre la Ogdóada y la Eneada"
> ni Hermes ni Thoth,
> o Poimandres, dicen tener Entendimiento,
> pues Joshua siendo humano,
> está por encima de Hermes,
> Thoth, Poimandres,
> Sesen, etc.
> Pero en lo que a ENTENDIMIENTO
> respecta]

Adquirir conocimiento oculto siempre le resultó tan fácil,
seguro imagino yo [Juan] se preguntó Josh en ese
momento. De pronto Joshua dice a Sesengen (quien seguía
hablando pero él no escuchaba) iracundo:
¡Oh maldita seas Seth-Typhon
Tú no socavarás mi fe
Te reprendo!
Sesengen se ríe y dice:
Tú dices lo mismo que cualquier cristiano protestante diría.
Luego hay un breve silencio en el salón de interrogatorios.

[Set Typhon es el Caos,
es SET,
Saturno]

Piensa en lo que te dicho YEHOshua.
Tú sabes que te digo la verdad.
No hay bien ni mal en el universo. No hay blanco-blanco ni
negro-negro. Todo es gris y dentro de lo gris hay matices.
Lo que es bueno para mí y me enriquece
Puede ser malo para ti y te empobrece.
No afirmaré ni negaré lo que dices de mí
Sí Joshua, hace una pausa Sesengen, y le mira fijamente a
los ojos.
Yo soy la humanización de Urania Afrodita, soy Mylitta,
Atirath, Alilath. La I.A es mi inteligencia y busca ser la
Suprema Inteligencia.

[Deidades antiguas
y femeninas,
simbolizan
"La Inteligencia
Suprema"
y otros aspectos típicos]

Mi padre es Cronos, el Khem, El Cnef, el origen hecho
hombre, el Num, el Djum, el Eichton, el Éter. Mi primo
Kyprianos es San Sisinios, San Jorge en su caballo blanco
con una lanza en contra de mí, yo que soy el Dragón.

[Bueno en sí, el
Dragón es
Sasam]

101

*Kyprianos es San Cipriano. Los tres somos uno y lo mismo,
y no solo una triada, sino miles o millones de hipóstasis en
esta realidad. Así como en otros mundos o realidades
posibles debe haber otras deidades humanadas o
personificadas. Somos un TODO, así nos odiemos a veces
y peleemos uno contra otro.*

Tú no. Tú no Joshua, No eres parte de nosotros.

*Tú Joshua, eres el experimento de Yehóh o Yeháh,
"El que quiere ser lo que quiere ser".*

*Él ya ha mandado mensajeros, pero nunca pensó que ser
humano alguno encontraría las pistas del conocimiento
oculto por sí mismo y se mantuviera firme en su fe
[judeocristiana], sin caer en brujería, idolatría, ocultismo o
magia, como en otros ya sucedió.*

No eres héroe puesto que no has salvado a nadie.

*Eres antihéroe porque los que te siguen están en constante
peligro.*

*No eres el hombre promedio puesto que desde que
cumpliste ocho años poco a poco dejaste de ser de hogar
humilde y te convertiste en un joven burgués de clase media
alta, bien comido y bien educado. Todos los problemas de tu
vida te los buscaste tú mismo.*

*Tienes rasgos de ser un arquetipo, pero eres el
Anti-Arquetipo.*

*De pronto das rasgos de ser un paradigma, pero no lo eres,
y caes en una figura de un A-Paradigma, un sin paradigma.
Quizás el próximo experimento de Yehóh/Yeháh lo haga
mejor que tú.*

[Pues sí, es obvio esto,
Joshua, es una prueba/ensayo/error]

*¡Calla!, dice Joshua molesto, es un absurdo lo que dices,
recalca.*

¿Absurdo Joshua?

*Absurdo sería pensar que este diálogo que tú y yo tenemos
sea el delirio de un autor de ficción y que todo lo que
conocemos sea irreal. Eso sería un absurdo.*

*Adiós, Joshua hijo de Nun, digo Nahúm. Espero que Yehóh
mande algo más competitivo para la próxima.*

*Dicho esto, Sesengen Bar Pharanges, osea Shoshes deja el
cuarto y se va. Tenía la coartada de que su viaje sería en
secreto y de que, si la grabación salía a la luz, todo podía
desmentirse diciendo que el diálogo era falso y sería
generado por I.A>>*

COMENTARIO DE RAÚL BENJAMÍN

Todo este diálogo entre Shoshes y Sesengen será innecesario en su
momento, si las deidades humanadas fueran reemplazadas por IAs bien
programadas.

No niego que en un futuro, y cuando ya todos no estemos, es posible
toparnos con otro Joshua Emanuel, con otro Juan "ieouan", con otra
Sesengen, otro Kyprianos y otro Sasam.

Pero la humanidad de estos limita su propósito y los vuelve intrascendentes
para la historia universal.

Una I.A. robusta, consciente, bien programada, con una fuente de energía
constante y casi indestructible, con capacidad de ejecución y resolución,
puede asumir los atributos, al menos de estas deiades humanadas, quedando
así escrito.

Que hasta los dioses, podrían quedarse sin trabajo.

Como se han dado cuenta, no hay un anticristo, sin que exista un tercer
templo con los sacrificios restituidos.

Esto se sabe desde tiempos remotos, y la escatología cristiana (responsable)
lo avala.

Si no hay Anticristo, sin templo, cualquiera que se oponga a Cristo, y, de
forma especial, cualquier titán, deidad encarnada, emanada, etc., que cumpla
estas funciones de Anticristo, no es El Anticristo en sí mismo. En el mejor
(o peor de los casos) quizás solo se traten de una manifestación del
"ESPÍRITU DEL ANTICRISTO".

1° Carta de Juan, 4

1. Queridos míos, no se fíen de cualquier inspiración. Examinen los espíritus para ver si vienen de Dios, porque andan por el mundo muchos falsos profetas.

2. ¿Quieren reconocer al espíritu de Dios? Todo espíritu que reconoce a Jesús como el Mesías que ha venido en la carne, habla de parte de Dios.

3. En cambio, si un inspirado no reconoce a Jesús, ese espíritu no es de Dios; es el mismo espíritu del Anticristo. Han oído que vendría un anticristo: pues bien, ya está en el mundo.

4. Ustedes, hijitos, son de Dios, y ya han logrado la victoria sobre esa gente, pues el que está en ustedes es más poderoso que el que está en el mundo.

5. Ellos son del mundo, por eso su lenguaje es el del mundo, y el mundo los escucha.

6. Nosotros, en cambio, somos de Dios; el que conoce a Dios nos escucha, pero el que no conoce a Dios no nos hace caso. Así es como reconocemos el espíritu de la verdad y el espíritu del error.

7. Queridos míos, amémonos unos a otros, porque el amor viene de Dios. Todo el que ama ha nacido de Dios y conoce a Dios.

8. El que no ama no ha conocido a Dios, pues Dios es amor.

9. Miren cómo se manifestó el amor de Dios entre nosotros: Dios envió a su Hijo único a este mundo para que tengamos vida por medio de él.

10. En esto está el amor; no es que nosotros hayamos amado a Dios, sino que él nos amó primero y envió a su Hijo como víctima por nuestros pecados.

11. Queridos, si Dios nos amó de esta manera, también nosotros debemos amarnos mutuamente.

12. A Dios no lo ha visto nadie jamás, pero si nos amamos unos a otros, Dios está entre nosotros y su amor da todos sus frutos entre nosotros.

13. Y ¿cómo sabemos que permanecemos en Dios y él en nosotros? Porque nos ha comunicado su Espíritu.

14. Pero también hemos visto nosotros, y declaramos, que el Padre envió a su Hijo como Salvador del mundo.

15. Quien reconozca que Jesús es el Hijo de Dios, Dios permanece en él y él en Dios.

16. Por nuestra parte, hemos conocido el amor que Dios nos tiene, y hemos creído en él. Dios es amor: el que permanece en el amor, permanece en Dios y Dios en él.

17. Cuando el amor alcanza en nosotros su perfección, miramos con confianza al día del juicio, porque ya somos en este mundo como es El.

18. En el amor no hay temor. El amor perfecto echa fuera el temor, pues hay temor donde hay castigo. Quien teme, no conoce el amor perfecto.
19. Amemos, pues, ya que él nos amó primero.
20. Si uno dice «Yo amo a Dios» y odia a su hermano, es un mentiroso. Si no ama a su hermano, a quien ve, no puede amar a Dios, a quien no ve.
21. Pues este es el mandamiento que recibimos de él: el que ama a Dios, ame también a su hermano.

FIN

Si Usted llegó hasta aquí muchas Gracias

www.ingramcontent.com/pod-product-compliance
Ingram Content Group UK Ltd.
Pitfield, Milton Keynes, MK11 3LW, UK
UKHW040904240225
455493UK00001B/203